DIESES BUCH GEHÖRT:

Die drei ???

Die drei ???
Drehbuch der Täuschung

erzählt von Hendrik Buchna

KOSMOS

Umschlagillustration von Andreas Ruch, Düsseldorf
Umschlaggestaltung von der Peter Schmidt Group, Hamburg,
auf der Grundlage der Gestaltung von Aiga Rasch (9. Juli 1941–24. Dezember 2009)

MIX
Papier | Fördert
gute Waldnutzung
FSC
www.fsc.org
FSC® C083411

Gedruckt auf Cradle to Cradle Certified™ Munken Papier

ISBN 978-3-440-17738-9
Redaktion und Lektorat: Anne Pagel
Produktion und Satz: DOPPELPUNKT, Stuttgart
Druck und Bindung: CPI books GmbH, Leck
Printed in Germany / Imprimé en Allemagne

Die drei ???

Drehbuch der Täuschung

Verschollen

»Es ist wirklich erstaunlich, was für seltsame Geräte dein Onkel immer wieder anschleppt«, stellte Bob Andrews fest. »Bis vor Kurzem habe ich nicht mal gewusst, dass es so etwas wie eine Grabenfräse überhaupt gibt.«

Gemeinsam mit seinen Freunden Justus Jonas und Peter Shaw hantierte er in der Freiluftwerkstatt des Gebrauchtwarencenters T. Jonas an einer defekten Baumaschine zur Verlegung von Kabeln und Rohren herum.

Justus, der seit dem Unfalltod der Eltern bei seiner Tante Mathilda und seinem Onkel Titus lebte, grinste breit. »Hier werden eben nicht nur Waren verkauft, sondern auch Bildungslücken geschlossen. Gib mir mal den Schraubenschlüssel, Zweiter.«

Peter deutete eine Verbeugung an. »Euer Wunsch sei meine Mission, Exzellenz.«

Bob rollte mit den Augen. »So allmählich nerven deine ständigen Exzellenz-Zitate aus diesen *Winterwelten*-Filmen.«

»*Weltenwinter*«, korrigierte Peter angesäuert. »Und wenn du diese Zitate nervig findest, dann gilt das wohl auch für andere Klassiker wie ›Nach Hause telefonieren‹ und ›Möge die Macht mit dir sein‹?!«

Justus hielt inne. »Du willst doch wohl nicht ernsthaft ›E.T.‹ und ›Star Wars‹ mit –«

In diesem Moment betrat ein sichtlich aufgeregter dunkelblonder Mann Mitte zwanzig das Gelände. Mit einer etwas unbeholfen wirkenden Geste hob er schon von Weitem grüßend die Hand. »Hi, ihr seid die drei ???, richtig?«

»Das ist korrekt«, bestätigte Justus, während er den Schraubenschlüssel auf der Werkbank ablegte. Gemeinsam mit Bob und Peter ging er dem Neuankömmling entgegen. »Und mit wem haben wir die Ehre?«

»Oh, sorry. Mein Name ist Vincent. Vincent Barraford.« Der junge Mann schwitzte stark, was nicht allein an den Temperaturen zu liegen schien. Nervös trat er von einem Bein auf das andere.

»Der ist ja völlig durch den Wind«, flüsterte Peter seinen Freunden zu.

»Und … wie können wir dir helfen?«, erkundigte sich Bob höflich.

Der Mann nestelte unsicher am Kragen seines Hemdes herum. Er schien mit sich zu ringen. »Die Sache … ist nicht ganz einfach zu erklären.« Vincent atmete tief ein. »Ehrlich gesagt, weiß ich gar nicht, wie ich …« Wieder ein Stocken.

Justus spürte, dass bei diesem Besucher Fingerspitzengefühl

gefragt war. Da konnte eine kleine Auflockerung nicht schaden. Mit einem freundlichen Lächeln deutete er auf die Veranda des Wohnhauses. »Wie wäre es mit einer kleinen Erfrischung? Wir hätten Zitronenlimonade, Mineralwasser, Cola und Orangensaft.«

»Also, ich nehme gerne eine Limo!«, verkündete Peter strahlend. »Meine Kehle ist schon ganz ausgetrocknet.«

Tatsächlich schien Vincents Anspannung ein wenig nachzulassen. Er nickte. »Eine Limo wäre super.«

Der Erste Detektiv machte eine einladende Handbewegung. »Na, dann …«

Zwei Minuten später hatten es sich die vier auf Campingstühlen bequem gemacht und genossen Tante Mathildas selbst gemachte Zitronenlimonade mit Eiswürfeln.

Nach einem großen Schluck gab Vincent einen wohligen Seufzer von sich. »Das tut wirklich gut … Ich glaube, vor lauter Aufregung habe ich heute noch gar nichts getrunken.«

»Wegen des Anliegens, das dich hierhergeführt hat?«, nahm Justus den Faden wieder auf.

»Ja.« Vincents Gesichtszüge verhärteten sich.

Gespannt beugte sich Peter vor. »Du sagtest, die Sache sei nicht einfach zu erklären. Was genau ist denn passiert?«

Der junge Mann straffte sich. Dann ließ er die Bombe platzen. »Mein WG-Mitbewohner Jayden Cummings ist seit gestern verschwunden.«

»Verschwunden?« Bobs Augen weiteten sich.

Fahrig wischte sich Vincent über die schweißnasse Stirn.

»Na, er ist weg, einfach weg. Seit wann genau, weiß ich nicht, jedenfalls war er schon nicht mehr da, als ich gestern früh aufgestanden bin. Er könnte also auch schon Donnerstagnacht verschwunden sein. Keiner unserer Freunde weiß etwas.«

»Seht ihr euch denn immer schon morgens?«, wollte Justus wissen.

»Ja, normalerweise frühstücken wir zusammen und fahren dann gemeinsam zum College. Wir studieren beide Wirtschaftswissenschaften am Santa Monica College.« Vincent stellte sein Glas auf einem kleinen Tisch ab. »Aber gestern kam er zu keinem der Seminare, die wir besuchen. Das erste beginnt um zehn, die beiden anderen um zwölf und um vierzehn Uhr. Natürlich habe ich in den Pausen zwischen den Kursen versucht, ihn am Handy zu erreichen, aber er ist nicht drangegangen. Als ich am späten Nachmittag zurück nach Hause kam, war Jayden immer noch nicht da. Keine Nachricht, keine Hinweise, überhaupt nichts. Und er ist auch heute Nacht nicht nach Hause gekommen.«

»Ist so etwas früher schon einmal passiert?«, fragte Peter.

Vincent schüttelte den Kopf. »Niemals. Jayden würde nicht einfach so verschwinden, ohne mir Bescheid zu sagen. Auf keinen Fall. Wir kennen uns, seit wir Kinder waren, und hatten nie Geheimnisse voreinander.«

»Wann hast du ihn denn das letzte Mal gesehen?«, wollte Bob wissen.

»Am Donnerstagabend, da haben wir einen Film geschaut. Gegen elf bin ich dann zu Bett gegangen.«

»Verstehe.« Justus runzelte die Stirn. »Wie sieht es denn mit Jaydens Familie aus? Hast du sie schon informiert?«

»Das war nicht möglich«, erwiderte der Student betreten. »Jayden hat nur noch seinen Vater und der ist im Urlaub, aber ich weiß nicht, wo. Seine Handynummer kenne ich nicht. Und Geschwister hat Jayden nicht. Ich konnte mich also an niemanden wenden.«

»Deshalb bist du zu uns gekommen«, folgerte Bob.

Vincent nickte. »Ich habe schon einige Male von den Erfolgen der drei ??? gelesen. Euer phänomenaler Spürsinn hat mich stark beeindruckt.«

»Sehr schmeichelhaft«, erwiderte Justus. »Aber wenn mittlerweile schon über vierundzwanzig Stunden seit dem Verschwinden deines Freundes vergangen sind, solltest du besser eine Vermisstenanzeige bei der Polizei aufgeben.«

Die nun folgende Antwort war schier unfassbar.

»Nein. Das will er nicht.«

»Das … *will* er nicht?«, fragte Peter perplex. »Wie kannst du das denn wissen, wenn Jayden doch verschwunden ist?«

»Weil er mich schon zweimal angerufen hat.«

Jetzt war die Verwirrung komplett.

»Er … hat dich *angerufen*?« Bob hob die Schultern. »Wann?«

»Das erste Mal gestern Nacht um vier, das zweite Mal heute früh um sieben.«

Verständnislos blickte Peter den Besucher an. »Aber dann hättest du ihn doch einfach fragen können, was los ist!«

»Eben nicht«, widersprach Vincent nachdrücklich. »Er brabbelte nur wirres Zeug. Gleich zu Anfang hat er behauptet, er sei auf Sumatra.«

Der Erste Detektiv legte verwirrt den Kopf schief. »Auf *Sumatra*? Der riesigen Insel im Indischen Ozean?«

»Ich weiß – es klingt völlig verrückt. Und es kann unmöglich sein. Jaydens Vater hält ihn finanziell an einer ziemlich kurzen Leine. Einen solchen Flug um die halbe Welt könnte er sich niemals leisten. Außerdem hätte er nicht den geringsten Grund, mitten im laufenden Semester dorthin zu reisen.«

»Es sei denn, er wurde entführt«, raunte Peter.

Grüblerisch rieb sich Justus die Nasenwurzel. »Sehr mysteriös. Was hat er denn gesagt?«

»Moment …« Der Student holte einen linierten Zettel hervor. »Es ist natürlich nicht der haargenaue Wortlaut, weil ich es erst im Nachhinein aus dem Gedächtnis aufgeschrieben habe, aber beim ersten Mal sagte er in etwa: *Keine Polizei! Ich darf die Sonne nicht misstrauisch machen. Alle warten auf den großen Moment, vor allem die Männer ohne Gesicht. Ich will hier weg, aber sie lassen mich nicht. Der Dschungel starrt mich an. Überall diese riesigen Augen.*«

Peter glaubte, seinen Ohren nicht zu trauen. »Das gibt's doch nicht …«

»Das zweite Mal habe ich ihn sofort gefragt, wo genau er verdammt noch mal ist. Und weil ich diesmal nicht ganz so überrumpelt war, habe ich seine Antwort mit einer speziellen App aufgenommen.« Vincent holte sein Handy hervor und rief eine Audiodatei auf. Darauf war die gehetzt klingende Stimme eines offensichtlich verwirrten und gleichzeitig verängstigten jungen Mannes zu hören: »*Sumatra. Ich bin auf Sumatra. Aber nicht dem guten, sondern dem anderen dahinter. Inzwischen ist alles vorbereitet. Es gibt keine geraden Winkel mehr. Der Himmel ist gekippt und die Bäume haben aufgehört zu flüstern. Die Ringe sind nun schon sehr nahe. Bald ist es so weit. Mein Gott, bald ist es so weit!*«

»Holla …«, murmelte Bob leise.

»Überaus rätselhaft.« Der Erste Detektiv lehnte sich in seinem Stuhl zurück. »Könntest du uns ein Foto von Jayden zeigen?«

»Ja, natürlich.« Der Student rief erneut eine Datei auf und reichte das Mobiltelefon dann herum. Jayden Cummings war ein sympathisch wirkender schlaksiger junger Mann mit braunem Wuschelkopf und Dreitagebart.

Peter gab Vincent das Handy zurück. »Hat Jayden denn früher schon mal Reisen in irgendwelche entfernten Länder gemacht?«

»Niemals. Wie gesagt – Jayden hat gar nicht die finanziellen Mittel dafür. Der größte Trip war eine gemeinsame Campingtour durch Oregon letzten Sommer.«

»Und ich nehme an, er hat auch keine Freunde oder Bekannten aus dem südostasiatischen Raum?«, erkundigte sich Bob.

»Nein, das hätte ich mitbekommen«, gab der Student zurück. »Mir ist das alles einfach unerklärlich.«

»Die Mitteilungen deines Freundes sind ja wirklich in höchstem Maße absonderlich.« Justus hielt kurz inne. »Versteh das bitte nicht falsch, aber wäre es vielleicht möglich, dass da Alkohol oder etwas Ähnliches im Spiel ist?«

Vincent schüttelte vehement den Kopf. »Jayden trinkt nicht und nimmt auch keine Drogen. Und wie ihr gemerkt habt, hat er auch nicht gelallt oder sonst wie unnatürlich gesprochen. Bis auf seine Angst, die deutlich zu hören war.«

»Fragt sich nur, was diese Angst ausgelöst hat«, erwiderte Bob.

Mit angespannten Gesichtszügen blickte Peter über den hohen Bretterzaun hinweg in den tiefblauen Himmel. »Die Ringe sind nun schon sehr nahe …«

Ein neuer Fall?

Gedankenversunken kratzte sich Justus an der Schläfe. »Trotz der grotesken Aussagen scheint Jayden nach meinem Dafürhalten nicht unmittelbar bedroht, sondern vielmehr vollständig verwirrt zu sein. Aus welchen Gründen auch immer.« Er wandte sich ihrem Gast zu. »Ich bitte um dein Verständnis, dass wir zu diesem frühen Zeitpunkt noch nicht beurteilen können, ob die drei ??? bei deinem Anliegen wirklich die richtigen Ansprechpartner sind. Zunächst benötigen wir weitere Informationen.«

»Natürlich«, erwiderte Vincent nickend. »Was wollt ihr wissen?«

In den folgenden Minuten befragten die Detektive den Studenten ausführlich zu seinem Freund und dessen Hintergrund. Gleichzeitig führte Bob per Handy einen kurzen Internet-Check zu Jayden Cummings und Vincent Barraford durch, fand aber nichts Auffälliges. Verschiedene Einträge in Studentenforen und anderen sozialen Medien, einige College- und Freizeitfotos, ein paar Essens-Schnappschüsse und lustige Tiervideos, völlig normal. Keinerlei Hinweise auf Indonesien oder irgendwelche Reisepläne. Anschließend überprüfte er Flugverbindungen zwischen Kalifornien und Sumatra.

»Nach deiner Kenntnis hat Jayden also keinen Ärger am College«, fasste Justus zusammen. »Darüber hinaus ist er seit längerem Single und will sich derzeit auf keine neue Beziehung einlassen.«

»Das stimmt«, bestätigte Vincent. »Jayden will sich voll und ganz auf sein Studium konzentrieren, ohne jede Ablenkung. Er ist die Verlässlichkeit in Person und ausgesprochen ehrgeizig. In zwei College-Jahren hat er noch nie einen einzigen Kurs verpasst. Deshalb haben gestern bei mir ja sofort die Alarmglocken geklingelt.«

»Das kann ich verstehen«, erwiderte Peter. »Wenn jemand nach all der Zeit urplötzlich sein Verhalten ändert, ist das schon merkwürdig.«

»Die alles entscheidende Frage ist, wer oder was hinter dieser staunenswerten Verhaltensänderung steckt.« Justus zögerte kurz, dann wandte er sich wieder an Vincent. »Du sagtest, Jayden habe keine Feinde, und von irgendwelchen Konflikten weißt du auch nichts.«

»Genau«, pflichtete der Student bei. »Jayden ist der typische nette Typ von nebenan. Wer ihn kennt, mag ihn. Ich habe nie erlebt, dass er mit irgendjemandem Ärger hatte. Mal abgesehen von kleinen Kabbeleien unter Freunden.«

»Zum Beispiel?«, wollte Bob wissen.

Vincent lächelte schief. »Jayden ist ein Riesenfan des Baseball-Teams *Cleveland Guardians*, geradezu fanatisch. Nach Niederlagen kann man ihn wunderbar damit aufziehen. Er explodiert dann immer regelrecht und zahlt es seinen Freunden mit fiesen Sprüchen heim, wenn deren Lieblingsvereine verloren haben.«

»Ziemlich normal«, erwiderte der Zweite Detektiv. »Auf jeden Fall kein Grund, jemanden zu entführen – schon gar nicht nach Sumatra.«

»Das sehe ich ebenso«, pflichtete Justus bei.

Bob wandte sich wieder an Vincent. »Und irgendwelche Verbindungen oder Interessen in Richtung Indonesien gibt es wirklich nicht – bist du da sicher?«

»Ziemlich, ja. Jedenfalls hat Jayden nie etwas davon erwähnt.«

»Was es umso rätselhafter machen würde, falls sich dein Freund tatsächlich auf Sumatra aufhält«, ergänzte Justus. »Erwiesen ist das natürlich nicht. Die beiden Anrufe könnten ja von überall aus geführt worden sein, einschließlich Santa Monica.«

»Apropos Anrufe«, klinkte sich Peter ein. »Konntest du erkennen, ob Jayden dich mit seinem eigenen Handy angerufen hat?«

»Ja, seine Nummer wurde im Display angezeigt.«

Bob tippte auf den Bildschirm seines Mobiltelefons. »Sofern Jayden seine Reise schon Donnerstagnacht angetreten hat, wäre es zumindest rein zeitlich möglich, dass er gestern Nacht um vier Uhr von Sumatra aus telefoniert hat. Jedenfalls gibt es eine entsprechende Verbindung zwischen dem Los Angeles International Airport und dem Flughafen Kuala Namu in Medan, der Hauptstadt von Nordsumatra. Flugzeit mit Zwischenstopps: 27 Stunden.«

»Also, ich kann mir das einfach nicht vorstellen – das wäre doch verrückt«, erwiderte Peter kopfschüttelnd. »Zumal Jayden ja von einem *anderen* Sumatra hinter dem *guten* gesprochen hat. Viel wahrscheinlicher wäre doch, dass ihm jemand unbemerkt oder gegen seinen Willen irgendetwas eingeflößt hat. Das hat ihn dann geistig so umgehauen, dass er von flüsternden Bäumen auf Sumatra fantasiert.«

Vincent machte eine hilflose Handbewegung. »Aber wer sollte das getan haben? Und zu welchem Zweck?«

»Diese zentralen Fragen zu Täter und Motiv gelten sowohl für die Sumatra- als auch die Nicht-Sumatra-Variante«, stellte der Erste Detektiv klar. »Festzuhalten ist, dass in beiden Fällen irgendeine Substanz im Spiel zu sein scheint, die die Wahrnehmung deines Freundes stark beeinträchtigt.« Er tippte sich nachdenklich ans Kinn. »Um uns ein genaueres Bild zu verschaffen, schlage ich vor, dass wir Jaydens Zimmer einer eingehenden Begutachtung unterziehen. Dort werden wir hoffentlich einen Hinweis finden.«

»Klingt gut«, pflichtete Peter bei. Auch Bob nickte.

Zum ersten Mal huschte ein Lächeln über Vincents Gesicht. »Vielen, vielen Dank. Wenn mir überhaupt jemand helfen kann, dann ihr.«

»Wir werden wie immer unser Bestes geben«, entgegnete Justus. »Zunächst aber …« Er griff in seine Hosentasche und überreichte dem Studenten die Visitenkarte der drei ???.

Jaydens Lächeln verbreiterte sich, während er die Zeilen las.

»Nochmals herzlichen Dank.« Dann blickte er zur Toreinfahrt hinüber. »Habt ihr eigentlich ein Auto? Ich bin nämlich mit meinem Motorrad hier und könnte nur einen von euch mitnehmen.«

»Keine Sorge, wir nehmen meinen Käfer«, erwiderte Bob.

Justus nickte dem Studenten zu. »Du kannst ruhig schon aufbrechen. Ich muss zunächst meine Tante davon überzeugen, dass wir einen dringenden Außeneinsatz durchführen müssen.«

»Dann wird die Grabenfräse erst mal warten müssen«, flüsterte Peter grinsend.

Nachdem Vincent seine Adresse in Santa Monica genannt und man Handynummern ausgetauscht hatte, trennte er sich von den drei Detektiven. Diese blieben zunächst noch auf der Terrasse sitzen.

Gedankenverloren zupfte Justus an seiner Unterlippe. »Angesichts dieses bizarren Szenarios sind wir uns ja sicherlich einig darüber, dass es sich bei der ganzen Sache auch um einen schlechten Scherz handeln könnte.«

»Um uns lächerlich zu machen, weil wir bei so einem Quatsch angebissen haben?«, fragte Bob.

»Das ist zumindest nicht ausgeschlossen – wir haben es ja schon mit den seltsamsten Leuten zu tun gehabt. Natürlich konnte ich das in Vincents Anwesenheit nicht ansprechen.« Justus zog die Stirn in Falten. »Wobei ich zugeben muss, dass mir seine Anspannung sehr glaubhaft erschien.«

»Ging mir auch so«, pflichtete Peter bei. »Das Verschwinden seines Freundes scheint ihn wirklich mitzunehmen.«

»*Falls* Jayden tatsächlich verschwunden ist«, wandte der dritte Detektiv ein. Dann kratzte er sich nachdenklich am Ohr. »Da fällt mir gerade noch eine andere Variante ein.«

»Nämlich?«, horchte Justus auf.

»Möglicherweise hat uns Vincent seine Besorgnis nicht vorgespielt, aber das Ganze ist trotzdem ein schlechter Scherz.«

»Hä?« Peter blinzelte irritiert.

»Ich ahne, worauf du hinauswillst.« Der Erste Detektiv lächelte anerkennend. »Vielleicht richtet sich die Sumatra-Geschichte ausschließlich an Vincent. In diesem Fall wäre die Hinzuziehung von uns Detektiven gar nicht Teil eines Plans, sondern reiner Zufall.«

Bob nickte. »Genau. Es wäre doch möglich, dass Jayden seinem Freund aus irgendeinem Grund eins auswischen will. Übermut, Bosheit, Rache. Wir können schließlich nicht beurteilen, ob er wirklich so ein freundlicher Goldjunge ist, wie Vincent ihn beschrieben hat.«

Peter schnaubte grimmig. »Das wäre dann aber eine ziemliche Schweinerei. Nach so einer Nummer wäre für mich jedenfalls Schluss mit der Freundschaft.«

Justus zuckte die Achseln. »Manche Leute haben eben einen sehr speziellen Sinn für Humor.« Er trank einen letzten Schluck Limonade und stand auf. »Höchste Zeit, ein wenig Licht in den Nebel der Spekulationen zu bringen!«

Schwierigkeiten

»Nein. Ich finde das *nicht* okay.« Die steile Ärgerfalte auf Tante Mathildas Stirn machte unmissverständlich klar, dass sie mit den Aufbruchsplänen ihres Neffen ganz und gar nicht einverstanden war. »Wir haben bereits einen Abnehmer für die Grabenfräse, und du hast versprochen, heute die Reparatur zu erledigen! Titus kann das nicht übernehmen, weil er den ganzen Tag in Pasadena zu tun hat.« Justus' Tante, die gerade am Küchentisch diverse bemalte Comic-Keramikfiguren sortierte, presste verärgert die Lippen zusammen.

»Ich sagte doch, dass es sich um einen Notfall handelt«, erwiderte der Erste Detektiv verdruckst.

»Soso, ein Notfall. Mal wieder.« Tante Mathilda umschloss mit ihrer rechten Hand eine Snoopy-Figur so fest, dass Justus befürchtete, der weiße Beagle könne jeden Moment zersplittern. »Es geht also um ein neues Detektiv-Abenteuer. Und das ist natürlich *viel* wichtiger als die Arbeit für einen unserer

Stammkunden. Wohlgemerkt – einen unserer ältesten und treuesten Stammkunden.« Sie machte eine auffordernde Handbewegung. »Na, dann erzähl mal – ich bin ganz Ohr.«

Genau das hatte Justus befürchtet. Was sollte er seiner Tante sagen, ohne sie zu belügen und gleichzeitig die Chance zu wahren, nach Santa Monica fahren zu können? Er versuchte, so vage wie nur irgend möglich zu bleiben.

»Wie ich schon erwähnte, kann ich dir zum jetzigen Zeitpunkt noch keine näheren Informationen geben. Erst müssen Peter, Bob und ich die Lage direkt vor Ort genau in Augenschein nehmen.«

»Das reicht mir aber nicht«, entgegnete Mathilda Jonas unnachgiebig. »Du willst mir doch nicht ernsthaft erzählen, dass ihr Hals über Kopf wegmüsst, ohne zu wissen, *warum*!«

»Nein … natürlich nicht.« Justus rang die Hände. Das Gespräch entwickelte sich zu einem echten Albtraum.

»So geht das einfach nicht, Justus Jonas. Du weißt ganz genau: In unserem Betrieb hängt alles mit allem zusammen – wie Zahnräder in einer gut geölten Maschine. Wenn da jedes Zahnrad für sich allein entscheiden würde, ob es sich zusammen mit den anderen drehen möchte oder nicht, wäre das Ergebnis unweigerlich Chaos und Stillstand. Dann könnten wir den Laden auch gleich dichtmachen.« Jetzt hatte sich Tante Mathilda so richtig in Rage geredet. »Es gibt Pflichten und es gibt Freiräume. Und für heute hast du eine Pflicht übernommen. Da kann ich einfach nicht gelten lassen, dass du und deine Freunde wegen *irgendetwas* alles stehen und liegen lasst.«

Justus schluckte. Das Unangenehmste an der gesamten Situation war, dass er jedes Wort seiner Tante absolut nachvollziehen konnte. An ihrer Stelle hätte er vermutlich ganz genauso argumentiert. Ihm blieb nichts anderes übrig, als alles auf eine Karte zu setzen.

»Vertrau mir doch bitte. Mein Instinkt hat mich in den seltensten Fällen getäuscht. Und dieser Instinkt sagt mir, dass jemand dringend unsere Hilfe braucht.« Er blickte ihr tief in die Augen. »Und zwar jetzt.«

Tatsächlich glaubte Justus, in der versteinerten Miene seiner Tante eine Regung zu erkennen.

»Hmm …«

»Ich verspreche dir auch, dass wir so schnell wie möglich wieder hier sein werden und die Reparatur beenden«, ergänzte Justus beherzt. »Notfalls arbeite ich die Nacht durch – es ist ja Wochenende.«

Mathilda Jonas gab einen sehr langen Seufzer von sich. Dann wies sie zur Küchentür. »Nun geh schon.«

Erleichtert sprang der Erste Detektiv auf. »Danke, du bist die Beste!«

Für die Fahrt nach Santa Monica, die die drei Detektive über den Pacific Coast Highway und den Olympic Boulevard zurücklegten, benötigten sie knapp 25 Minuten. Die Sonne stand nun fast im Zenit und ließ die Temperaturen in Bobs Käfer allmählich auf Sahara-Niveau ansteigen. Leise stöhnend wedelte sich Justus mit der aktuellen *Rocky Beach Today* Luft zu.

»Hätte ich doch bloß was von der Limonade mitgenommen«, murrte Peter, der zum wiederholten Mal auf seinem heißen Kunstlederrücksitz hin und her rutschte.

»Die wäre inzwischen wahrscheinlich längst vollständig verdunstet«, vermutete Justus und blickte ungeduldig durch die Windschutzscheibe. Bald mussten sie die Zieladresse erreicht haben.

Ebenso wie die benachbarten Städte Malibu, Pacific Palisades, Brentwood und Venice gehörte auch Santa Monica zum Großraum Los Angeles. Obwohl die Stadt als beliebt und gepflegt galt, machte das Viertel, in das die Jungen nun einbogen, einen eher abweisenden Eindruck. Die meisten Gebäude schienen ihre beste Zeit schon lange hinter sich zu haben, und die sonnenvertrockneten Gärten waren teils stark verwildert. Auch die Adresse von Vincent Barraford und Jayden Cummings bildete da keine Ausnahme. Die Fassade des schmucklosen zweigeschossigen Mietshauses war rissig und die vorgelagerte Grünfläche vollkommen verdorrt. Sie hatte vermutlich seit einer halben Ewigkeit keinen Tropfen Wasser mehr gesehen.

»Schick ist was anderes«, stellte Bob fest, während er einen geeigneten Parkplatz suchte.

»Als Student muss man genügsam sein«, erwiderte Justus und deutete auf ein ziemlich schmuddeliges Motocross-Motorrad, das unter einer windschiefen Überdachung abgestellt war. »Das dürfte Vincents Vehikel sein.«

»Und da drüben ist er auch selbst«, stellte Peter fest, während Bob rückwärts hinter einem verrosteten Ford Edsel einparkte, der so aussah, als wäre er schon seit Jahrzehnten nicht mehr von diesem Platz wegbewegt worden.

»Moment mal …« Justus beugte sich vor und verengte die Augen. »Vincent macht ja ein Gesicht, als hätte er gerade einen Geist gesehen.«

Tatsächlich war der Student, der nun aus dem Schatten des Hauseingangs hinaushastete, kreidebleich.

Rasch stiegen die Jungen aus.

»Ist etwas passiert?«, fragte der dritte Detektiv, als ihr Klient sie erreicht hatte.

Vincent wies mit zitternder Hand zum ersten Stock des Hauses hinauf. »Oben – an unserer Tür …«

»*Was* ist an eurer Tür?«, fragte Peter mit ungutem Gefühl in der Magengegend.

Die Antwort war ebenso verwirrend wie beunruhigend.

»Eine riesige Frau versucht, bei uns einzubrechen!«

Die mysteriöse Adlerfrau

Justus ging sofort in den Einsatzmodus über. »Hat sie gemerkt, dass du sie beobachtet hast?«

»Nein«, erwiderte der sichtlich beunruhigte Student. »Ich stand schon eine ganze Weile hier draußen, um euch notfalls herlotsen zu können. Die Straße ist ja sehr unübersichtlich. Und dann tauchte plötzlich diese riesige Frau auf, die ich hier noch nie gesehen habe. Da bin ich hinterher und gleich wieder raus, um nicht mit ihr aneinanderzugeraten.«

Mit ernster Miene hob der Erste Detektiv den Zeigefinger. »Das Wichtigste ist, jetzt die Ruhe zu bewahren. Bob, steig du wieder in den Wagen und halte dich bereit, falls ein Blitzstart notwendig wird. Peter, du beziehst neben der Haustür Stellung, ohne dass man dich beim Rausgehen sehen kann. Vincent, du führst mich zu eurer Wohnung – aber natürlich in Deckung.«

So leise wie möglich öffnete der Student die Haustür und beide Jungen huschten ins unangenehm schwüle Innere. Tatsächlich schien es drinnen noch einige Grad heißer zu sein als draußen. Das Gebäude war ein typischer Zweckbau ohne jegliche Verzierungen. Graue Wände, Linoleumböden, eine Reihe von Briefkästen im Eingangsbereich. Auf einem der Kästen stand ›Vincent Barraford und Jayden Cummings‹. Zum Erstaunen des Ersten Detektivs war es außergewöhnlich still im Haus.

»Ist hier immer so wenig los?«, fragte Justus flüsternd, während sie hintereinander das menschenleere Treppenhaus hinaufstiegen.

»Ja«, bestätigte Vincent. »Am Wochenende sind die meisten um diese Uhrzeit außer Haus. Bei so einer Hitze ist es hier drinnen nicht sehr angenehm. Es gibt keine Klimaanlage.«

Wenige Sekunden später hatten die beiden das erste Stockwerk erreicht. Die Klingeltöne ihrer Handys hatten sie inzwischen deaktiviert, damit kein unerwarteter Anruf sie verraten konnte.

Kurz vor der letzten Stufe hielt Vincent inne und ließ Justus den Vortritt. »Ganz am Ende des Flurs, die letzte Tür.«

In der Tat war die junge athletische Frau, die sich an der Wohnungstür zu schaffen machte, an die zwei Meter groß. Sie hatte hüftlanges tiefschwarzes Haar und trug eine dunkle Lederjacke, deren Rückseite ein aufwendig verzierter Adlerkopf aus Strass-Steinen schmückte. Der Gegenstand, mit dem sie die Tür zu öffnen versuchte, war nicht zu identifizieren, aber offensichtlich für diesen Zweck ungeeignet. Immer energischer rüttelte die Frau am Türschloss herum, jedoch ohne Erfolg. Plötzlich ein wutentbranntes Zischen.

»*Sialan!*«

Nun richtete sich die Fremde ruckartig auf und steckte mit grimmigem Gesicht den kleinen Gegenstand in ihre Hosentasche. Dann wandte sie plötzlich ihren Kopf in Richtung Treppenhaus – und starrte Justus direkt in die Augen. Das Ganze war so schnell gegangen, dass der Erste Detektiv keine Chance hatte, rechtzeitig zurückzuweichen.

Justus reagierte instinktiv. Mit der linken Hand gab er dem hinter ihm stehenden Vincent ein Zeichen, dann bog er um die Ecke in den Flur ein und sagte laut: »Sehe ich genauso. Diese Klausur war eine einzige Unverschämtheit! Das ptolemäische Ägypten als letztes hellenistisches Großreich war doch überhaupt nicht Bestandteil des Lernstoffs! Ich hätte nicht übel Lust, mich bei Professor Carswell zu beschweren.«

Vincent folgte zögerlich. »J-ja, eine echte Sauerei. Und in dem Kurs stehe ich eh schon auf der Kippe.«

Falls die Jungen das Misstrauen der Frau geweckt hatten, ließ sie es sich nicht anmerken. Mit langen Schritten und erhobenem Kinn stapfte die Schwarzhaarige an ihnen vorbei und stieg die Treppe hinunter. Obwohl Vincent ein ganzes Stück größer war als Justus, überragte die Frau den Studenten um fast einen Kopf.

Blitzschnell zückte der Erste Detektiv sein Mobiltelefon und sandte eine Nachricht an Peter: Sie kommt. Folgt ihr. Wir bleiben.

Danach trat er an ein hohes Fenster heran und registrierte, wie die Frau ein Stück die Straße entlangging. Mit ihrer auffälligen Jacke war sie gut zu erkennen. Sie sah sich mehrmals um, stieg in einen grauen Kleinwagen und fuhr davon. In gebührendem Sicherheitsabstand folgten Bob und Peter ihr im Käfer.

»Mann, das war wirklich reaktionsschnell«, lobte Vincent erleichtert. »So rasch wäre mir überhaupt nichts eingefallen, schon gar nicht etwas über den Hellenismus. Wirklich ganz große Klasse.«

»Alles eine Frage der Übung«, entgegnete Justus lächelnd. »Als Detektiv gerät man öfters in kritische Situationen – da darf man um keine Improvisationen verlegen sein.« Dann blickte er zu der Tür hinüber, an der sich die Fremde zu schaffen gemacht hatte. »Wichtiger jedoch als meine Ablenkung ist die Dame, der sie galt.«

Vincent nickte. »Was kann die denn nur bei uns gewollt haben?«

»Eine ausgesprochen gute Frage …« Justus, der nochmals etwas in sein Handy eingetippt hatte, hielt erstaunt inne. »Sieh mal einer an – die Dinge entwickeln sich.«

Der Student legte überrascht den Kopf schief. »Was meinst du damit?«

»Damit meine ich, dass ich gerade überprüft habe, wie die Übersetzung des Ausrufs lautet, den die besagte Dame eben von sich gegeben hat.« Nun machte Justus eine seiner berühmt-berüchtigten Kunstpausen.

»Nämlich?«, fragte Vincent ungeduldig. Er kannte die üblichen Wissensspielchen des Ersten Detektivs natürlich noch nicht, fand diese Art des Zappelnlassens aber genauso nervig wie Peter und Bob.

»*Sialan* bedeutet so viel wie *verdammt*.« Mit vielsagender Miene hob Justus die linke Augenbraue. »Und zwar auf *Indonesisch*.«

Kurz nachdem Bob und Peter losgefahren waren, ging beim Zweiten Detektiv eine weitere Nachricht von Justus ein: Kannst du telefonieren?

Peter antwortete mit Ja. Wenige Sekunden später klingelte sein Handy. Rasch drückte er die grüne Taste.

»Was gibt's, Erster?«

»Neuigkeiten zu Miss Big. Kurz vor ihrem Rausmarsch hat sie nämlich auf Indonesisch geflucht.«

»Hui ...«, raunte Peter.

»Das beweist natürlich noch nichts«, fuhr Justus fort, »aber es besteht eine nicht unerhebliche Wahrscheinlichkeit, dass wir mit dieser Frau unsere erste wirklich heiße Spur in Richtung Sumatra haben. Und somit auch einen wichtigen Anhaltspunkt hinsichtlich des Verbleibs von Jayden. Ihr dürft sie also auf keinen Fall aus den Augen verlieren!«

Der Zweite Detektiv stöhnte genervt. »Vielen lieben Dank für diesen ausgesprochen wertvollen Hinweis. Bob und ich hatten schon überlegt, ob wir, statt ihr zu folgen, nicht lieber ins Kino gehen sollten.«

»Wie auch immer«, überging Justus den Kommentar. »Wir folgen euch, sobald wir Jaydens Zimmer untersucht haben. Sagt also Bescheid, wo ihr hinfahrt.«

»Alles klar – viel Erfolg!«

Nachdem er aufgelegt hatte, unterrichtete Peter den dritten Detektiv über den neuesten Stand der Dinge.

»Erstaunlich«, entfuhr es Bob. »Die große Dame wird immer interessanter …«

Cotta stellt sich quer

Der silbergraue Mitsubishi Colt steuerte konsequent in Richtung Nordwesten. Peter hatte zwischenzeitlich versucht, mit einem Anruf bei Inspektor Cotta anhand des notierten Autokennzeichens Informationen über die Fahrzeughalterin zu bekommen. Der Polizeichef von Rocky Beach hatte den drei ??? in der Vergangenheit schon oft, wenn auch manchmal etwas widerwillig, mit Rat und Tat zur Seite gestanden. Diesmal jedoch blieb Cotta hart. Ohne ›tragfähige Verdachtsgrundlage‹ könne er nicht auf die Datenbank des Police Departments zugreifen. Punkt.

Nachdem die kurze Unterhaltung beendet war, steckte Peter sein Handy wortlos wieder ein.

»Gehe ich recht in der Annahme, dass dieses Gespräch nicht in die Liste der erfolgreichsten *Die drei ???*-Telefonate aufgenommen wird?«, fragte Bob mit sarkastischem Tonfall.

Peter gab einen genervten Laut von sich. »Nicht einmal in die Top 10.000 …«

Eine Viertelstunde später hielt der Mitsubishi auf dem Parkplatz eines unscheinbaren Motels mit dem Namen ›Shear's Inn‹. Nach kurzer Einschätzung der Lage bog Bob in eine Seitenstraße ein, um seinen Wagen außer Sichtweite abzustellen. Geschickt parkte er den Käfer hinter einem großen Müllcontainer, dann öffnete er das Handschuhfach, entnahm ein kleines Fernglas, das hier für Beobachtungseinsätze bereitlag, und stieg aus. Peter folgte und schickte Justus eine Textnachricht mit dem Standort, an dem sie sich jetzt befanden.

Gemeinsam schlenderten sie in Richtung Motel. Erfreut stellten sie schon von Weitem fest, dass die Unbekannte wegen der anhaltend starken Hitze das Fenster ihres Zimmers geöffnet hatte. Derzeit ging sie, offensichtlich nervös, immer wieder auf und ab; in der rechten Hand schien sie ein Mobiltelefon zu halten, das sie jedoch nicht benutzte. Selbst aus der Distanz war an der Miene der Frau abzulesen, dass sie mit der Situation alles andere als zufrieden war.

»Sieh mal.« Peter deutete nach rechts. »Gegenüber vom Motel ist ein Schnellimbiss. Wir können uns an einen Tisch im Außenbereich setzen und unsere Beschattung unauffällig von dort aus durchführen.«

»Gute Idee, Kollege.« Bob grinste. »Und Justus wird sich später freuen, dass er neben der Detektivarbeit auch ein Mittagessen zu sich nehmen kann.«

Nachdem sie sich an einen der mit bunten Sonnenschirmen versehenen Tische gesetzt hatten, bestellten die Jungen zunächst zwei eisgekühlte Cola mit Zitronenscheiben.

Genüsslich schloss Peter nach dem ersten Schluck kurz die Augen. »Himmlisch ... Das habe ich jetzt wirklich gebraucht.«

»Geht mir genauso«, stimmte der dritte Detektiv zu. »Manchmal sind es eben –« Nach einem Seitenblick zum Motel riss er die Augen auf. »Was macht sie denn *jetzt*?«

»Dem ersten Eindruck nach wirkt alles wie eine ganz normale Studentenbude«, stellte Justus fest, nachdem Vincent und er das Zimmer von Jayden in Augenschein genommen hatten. »Nicht besonders ordentlich, aber auch kein Chaos wie nach einem Kampf. Konntest du feststellen, ob irgendetwas fehlt?«

»Ja, das habe ich schon überprüft.« Vincent deutete auf einen großen Wandschrank. »Einige Klamotten und Jaydens Stiefel sind nicht da. Auch sein großer Wanderrucksack fehlt. Den hatte er sich vor unserer Oregon-Tour gekauft. Eine seiner wenigen größeren Anschaffungen, von denen ich weiß.« Nun wies der Student zum Badezimmer. »Keine Zahnbürste, kein Rasierer, kein Kulturbeutel.«

»Da hat er ja doch einiges mitgenommen«, murmelte Justus.

Stirnrunzelnd ging Vincent nochmals durch den Raum. »Handy und Geldbörse habe ich bis jetzt auch nicht gefunden ... Und seinen Lieblingshut auch nicht.«

»Seinen Lieblingshut?«, fragte Justus überrascht. Mit einer solchen Information hatte er nicht gerechnet.

»Ja, ein weißer Leder-Stetson, den er zum sechzehnten Geburtstag von seinem Vater bekommen hat. Ist ein Glücksbringer für ihn. Ohne den geht Jayden praktisch nie vor die Tür.«

»Durchaus aufschlussreich …« Der Erste Detektiv ließ weiter seinen Blick schweifen. »Das Nichtvorhandensein von Kampf- oder Verteidigungsspuren und das Fehlen der besagten Gegenstände könnten darauf hinweisen, dass Jayden freiwillig aufgebrochen ist. Schließlich würde kein Entführer Rücksicht auf Hygieneartikel oder unpraktische und noch dazu auffällige Kleidungsstücke wie einen weißen Hut nehmen.«

»*Könnten* darauf hinweisen?«, hakte Vincent nach. »Du gehst also davon aus, dass es auch anders gewesen sein kann?«

»Beim aktuellen Sachstand wäre es schlicht fahrlässig, irgendeine Möglichkeit kategorisch auszuschließen.« Stirnrunzelnd strich Justus mit der Hand über die diversen Uni-Hefte und Ordner auf dem Schreibtisch. »Schließlich kann man einen Tatort auch im Nachhinein so herrichten, dass nichts mehr auf eine Tat hindeutet.«

»Stimmt.« Vincent wandte sich zu einem der Fenster um. »Und dann ist da ja auch noch diese indonesisch fluchende Frau, die unbedingt in unsere Wohnung wollte. Da muss es doch einen Zusammenhang geben.«

»Da stimme ich dir vorbehaltlos zu. Ein Zufall kann hier mit an Sicherheit grenzender Wahrscheinlichkeit ausgeschlossen werden. Allerdings machte die Möchtegern-Einbrecherin nicht den Eindruck, als hätte sie Erfahrung darin, verschlossene Türen zu öffnen. Wenn sie also etwas mit dem Verschwinden deines Freundes zu tun hat, spricht einiges dafür, dass ihr freiwillig Zutritt gewährt wurde.« Der Erste Detektiv wischte sich eine störende Haarsträhne aus der Stirn. »Wäre es möglich, dass Jayden mit dieser Frau Bekanntschaft geschlossen hat, ohne es dir zu erzählen?«

»Ich kann es mir eigentlich nicht vorstellen. Wie ich schon sagte – wir sind in allen Dingen immer ganz offen zueinander.« Vincent hob die Schultern. »Trotzdem ist es natürlich nicht unmöglich. Aber welchen Grund sollte er haben, mir das zu verschweigen?«

»Das wird sich erst noch herausstellen müssen. Schon jetzt ist jedenfalls festzuhalten: Worum auch immer es sich handelt, irgendetwas muss die Dame in eurer Wohnung gewollt haben.« Justus machte eine weit ausholende Handbewegung. »Sehen wir uns noch einmal ganz genau um. Hier *muss* etwas sein, das die große Dame an sich bringen wollte.«

Sorgfältig durchsuchten sie jeden Winkel, jeden Schrank, jedes Regal und jede Schublade, doch es trat nichts Auffälliges zutage. Mit Ausnahme eines Zehndollarscheins, über den sich Vincent wunderte, weil Jayden sein Geld immer sehr sorgsam verwahre.

Der Erste Detektiv begutachtete die Banknote. »Keine Besonderheiten, Beschriftungen oder Ähnliches.« Er übergab dem Studenten den Geldschein. »Ist höchstwahrscheinlich eine Sackgasse, aber sicherheitshalber sollten wir ihn dennoch mitneh–« Justus stutzte. Gerade war sein Blick am gepolsterten Drehstuhl vor dem überfrachteten Schreibtisch hängen geblieben. Genauer gesagt am Boden darunter. Nun ging er in die Knie und zog einen länglichen kleinen Gegenstand unter einer der Rollen hervor.

»Was hast du da?«, fragte Vincent neugierig.

Ein Lächeln umspielte die Lippen des Ersten Detektivs. »Möglicherweise den Grund für den dringenden Besuchswunsch der Möchtegern-Einbrecherin …«

Wappengrüße aus Indonesien

Vincent trat einen Schritt näher und beäugte das glänzende Fundstück. »Ein Armband?«

»So ist es«, bestätigte Justus. »Ein silbernes Armband mit einem kleinen goldenen Schmuckelement in der Mitte, dem ich einige Bedeutung beimesse.«

»Ach, und du glaubst, die Frau hat das Band verloren und wollte jetzt hier rein, um es zurückzuholen?«, folgerte Vincent.

»Wenn es zutrifft, was ich annehme, dürfte daran kaum ein Zweifel mehr bestehen. Moment …« Justus holte aus seiner Jeanstasche eine kompakte Klapplupe hervor, die ihm schon vielfach gute Dienste geleistet hatte. Dann ging er zu einem der beiden Fenster, wo das Licht besser war, und betrachtete das Band genauer. »Aha … so etwas dachte ich mir schon.«

»*Was* dachtest du dir schon?«, fragte Vincent, als Justus auch nach einigen Sekunden noch nicht fortfuhr.

»Bei dem Schmuckelement handelt es sich um einen goldenen Adler. Genau wie auf der Jacke, die die Frau trug.«

Irritiert legte der Student den Kopf schief. »Na und? In den Vereinigten Staaten gibt es doch wahrscheinlich Millionen solcher Bänder und Ketten. Schließlich ist das amerikanische Wappentier der Weißkopfseeadler.«

»Richtig«, räumte der Erste Detektiv ein. Dann lächelte er ein weiteres Mal. »Aber das hier ist *kein* Weißkopfseeadler, sondern ein sogenannter Garuda-Adler, der Wappenvogel von Indonesien.«

Man konnte dem Studenten ansehen, dass er immer noch nicht recht überzeugt war. »Wie willst du denn beurteilen, was genau das für ein Adler ist? Das Ding ist doch winzig.«

»Deshalb brauchte ich ja die hier.« Der Erste Detektiv reichte ihm die immer noch aufgeklappte Lupe zusammen mit dem Armband.

Neugierig begutachtete Vincent den Schmuckvogel. »Hmm … also, ich kann da keine Unterschiede zum amerikanischen Adler erkennen. Nach links gerichteter Kopf, gebogener Schnabel, weit ausgestreckte Flügel und Krallen …«

»Wenn man nicht weiß, worauf man achten muss, ist es in der Tat unmöglich, eine genaue Zuordnung vorzunehmen«, erklärte Justus. »Mit Flaggen und Wappen kenne ich mich ziemlich gut aus, weil wir über unseren Gebrauchtwarenhandel schon diverse davon verkauft haben.«

Erneut nahm der junge Mann das Schmuckstück in Augenschein. »Und auf *welche* Einzelheiten muss ich hier achten?«

»Zähle mal die Federn der Flügel und dann die Schwanzfedern.«

Zögernd folgte Vincent der Aufforderung. »Gar nicht so einfach …« Nach kurzer Pause verkündete er: »Wenn ich mich nicht verzählt habe, hat jeder Flügel siebzehn und der Schwanz acht Federn.«

»Korrekt«, erwiderte Justus. »Beide Zahlen haben Symbolkraft und sind charakteristisch für den Garuda-Adler. Sie stehen nämlich für den siebzehnten August 1945, den Tag, an dem Indonesien seine Unabhängigkeit proklamierte.«

Der Student war sichtlich beeindruckt. »Unglaublich, was du alles weißt …«

In den Augen des Ersten Detektivs glomm ein altbekanntes Funkeln auf. »Die Sumatra-Verbindung in Gestalt der unbekannten Besucherin scheint sich weiter zu verfestigen. Höchste Zeit, dass wir herausfinden, was die Adlerlady wirklich im Schilde führt!«

Verdutzt sah Peter zum Motel hinüber. Der Anblick, der sich den beiden Jungen bot, war tatsächlich ziemlich eigenartig. Die große Frau hatte mit dem Herumlaufen aufgehört. Stattdessen verharrte sie mit dem Rücken zum Fenster, hatte die zusammengepressten Hände hoch über den Kopf erhoben und schwang ihren Oberkörper langsam hin und her.

»Ist das … ein Tanz?«, fragte Peter irritiert.

Ratlos zuckte Bob mit den Schultern. »Tanz, Yoga, Meditation – ich habe keine Ahnung …«

Die irritierten Jungen beobachteten das seltsame Verhalten der Unbekannten noch über mehrere Minuten hinweg. Dann trafen Justus und Vincent auf dem Motorrad des Studenten ein. Nachdem sich die beiden zu Bob und Peter gesetzt und ebenfalls Getränke bestellt hatten, berichteten sie einander von den bisherigen Erkenntnissen.

Anschließend gab Justus ein leises Seufzen von sich. »Wirklich bedauerlich, dass der Inspektor uns mit dem Autokennzeichen nicht weiterhelfen konnte.«

»Nicht *wollte*«, korrigierte Peter. Er ahmte die raue Stimme des Polizisten nach. »Vorschrift ist Vorschrift.«

Bob zuckte die Schultern. »Aus seiner Perspektive kann man das ja auch verstehen – schließlich hatten wir ihm keine wirkliche Begründung anzubieten.«

Justus nickte. »Was uns einmal mehr lehrt, dass solche Anliegen keine Selbstläufer sind. Auch für die Polizei gelten nun mal Regeln. Wir werden also auch ohne Cottas Unterstützung die Identität der Dame herausfinden müssen.« Nach kurzer Pause blickte Justus ernst in die Runde. »Fassen wir den Stand der Dinge zusammen: In Jaydens Zimmer finden sich keine Hinweise auf einen gewalttätigen Überfall. Vielmehr scheint Vincents Freund aus freier Entscheidung gehandelt und mit einigem Gepäck, einschließlich seines Lieblingshuts, aufgebrochen zu sein.«

»Noch völlig unklar ist dagegen, warum er das getan hat und wo sich Jayden jetzt befindet«, ergänzte Bob. »Falls er tatsächlich auf Sumatra ist, stellt sich außerdem die Frage, woher das viele Geld für die Reise kommt.« Er schlug sein Notizbuch auf. »Ein Flugticket von Los Angeles nach Sumatra kostet immerhin zwischen zweitausend und viertausend Dollar.«

»Mannomann …«, raunte Vincent.

Peter nahm einen weiteren Schluck Cola. »Okay, gehen wir mal davon aus, dass Jayden wirklich nach Indonesien gereist ist. Wäre es dann nicht möglich, dass das alles von der Frau da drüben eingefädelt wurde?« Er schaute erneut zum Motelzimmer der Unbekannten hinüber, in dem sie immer noch ihre merkwürdigen Bewegungen vollzog. »Könnte ja sein, dass sie steinreich ist. Und das Ganze ist vielleicht irgend so ein verrücktes Liebesding, von dem niemand etwas wissen sollte, nicht einmal sein bester Freund.«

»Gegenfrage«, erwiderte der Erste Detektiv. »Warum sollte eine steinreiche Frau einen für ihre Körpergröße viel zu kleinen Wagen fahren und in einem zweitklassigen Motel wohnen? Und vor allem: Welchen Grund sollte sie haben, *nicht* zusammen mit ihrem Liebsten Jayden zu reisen?«

Stirnrunzelnd kratzte sich Peter am Kopf. »Stimmt, das ergibt nicht wirklich Sinn.«

»Es sei denn, der ursprüngliche Plan war ein anderer und es gab plötzlich einen triftigen Grund für getrennte Flüge«, wandte Bob ein. »Auf jeden Fall ist diese eigenartige Dame unsere bislang einzige Verbindung zwischen Jayden, beziehungsweise seiner Wohnung, und Indonesien. Was auch immer es damit auf sich hat – unsere wichtigste Frage ist nach wie vor: Ist Jayden freiwillig gereist oder unter Zwang?«

»Also, falls er wirklich aus Spaß, ohne mir davon zu berichten und gesponsert von dieser Frau, um die halbe Welt geflogen ist, muss er mir nach seiner Rückkehr *sehr* viel erklären«, murmelte der Student mit finsterer Miene. Er deutete auf sein Mobiltelefon, in das er während der vergangenen Minuten immer wieder etwas eingetippt hatte. »Unter anderem, warum er nie rangeht!«

»In der Tat höchst merkwürdig«, stimmte Justus zu. »Aber immerhin *ist* Jayden noch im Besitz seines Handys und kann es offensichtlich nach Belieben für Anrufe benutzen. Dies könnte man als Indiz dafür werten, dass er nicht unter der Kontrolle von jemandem steht.«

»Wobei diese Anrufe bei Vincent ja nur aus wirrem Gefasel bestanden«, fügte der dritte Detektiv an. »Vielleicht *wollen* ja irgendwelche Hintermänner oder -frauen, dass Jayden telefoniert und Unruhe stiftet. Wenn er wirklich niemals Drogen genommen hat, muss ihn ja jemand in diesen heftigen Rausch versetzt haben.«

Kopfschüttelnd lehnte sich Peter auf seinem Stuhl zurück. »Aber warum das Ganze …?«

»Genau das wird jetzt zu klären sein«, stellte der Erste Detektiv fest. Dann blickte er seine Freunde an. »Nach den jüngsten Entwicklungen stimmt ihr mir sicherlich zu, dass wir es hier tatsächlich mit einem Fall für die drei ??? zu tun haben.«

»Natürlich«, gab Bob zurück.

Peter schnaufte vernehmlich. »Und noch dazu mit einem ziemlich verrückten.«

Justus fuhr fort. »Deshalb schlage ich vor, in dieser Sache

für einen begrenzten Zeitraum weitere Ermittlungen anzustellen, sagen wir, für zwei Tage.«

»Und was ist, wenn wir in diesen zwei Tagen keinen Erfolg haben?«, fragte Bob.

»Mich würde eher interessieren, was passiert, *wenn* wir Erfolg haben«, fügte Peter an. »Ich meine – was machen wir, wenn wir rauskriegen, dass Jayden tatsächlich auf Sumatra festgehalten wird?«

»Das sind zwei Fragen, die beide dieselbe Antwort erfordern«, stellte Justus klar. »Falls wir Jaydens Aufenthaltsort im Rahmen der gesetzten Frist nicht ermitteln können oder sich herausstellt, dass es sich doch um einen wie auch immer gearteten kriminellen Vorgang handelt, muss zwingend die Polizei hinzugezogen werden.«

»Das sehe ich ein«, gab Vincent zurück. »Und wie gehen wir jetzt weiter vor?«

»*Jetzt* …«, erwiderte der Erste Detektiv, während er mit breitem Lächeln nach der bunten Speisekarte griff, »wird erst mal gegessen.«

Hilferuf aus Rocky Beach

In den folgenden Minuten genossen die drei Detektive und Vincent die servierten Barbecue-Burger, Hotdogs, frittierten Zwiebelringe und Pommes mit diversen Saucen.

Satt und zufrieden genehmigte sich Justus die letzten Krümel aus seinem roten Menükörbchen. »Mmmh, das war jetzt aber auch dringend nötig … Ich kann mich schon gar nicht mehr erinnern, wann und was ich gefrühstückt habe.«

»Und das sagt jemand mit fotografischem Gedächtnis.« Bob schmunzelte. »Dann muss dein Hunger ja wirklich gewaltig gewesen sein.«

»Umso wichtiger, dass wir nun alle frisch gestärkt sind.« Mit einem geschickten Wurf beförderte Peter das zusammengeknüllte Wachspapier, in das sein Burger eingewickelt gewesen war, in einen drei Meter entfernten Mülleimer.

»Einmal Sportler, immer Sportler«, kommentierte Justus, der bei vergleichbaren Wurfversuchen fast immer das Ziel verfehlte. Dann schaute er erneut zum Zimmer der großen

Frau hinüber. »Seht mal – die Dame hat ihren seltsamen Steh-Tanz beendet und sitzt nun am Schreibtisch.«

»Aber sie schreibt nicht, sondern hantiert an irgendetwas herum«, erkannte Vincent.

Peter verengte die Augen. »Ich wüsste zu gern, was das ist. Aber von hier aus ist das unmöglich zu erkennen.«

»Auch das Fernglas bringt von hier aus nichts«, stellte der dritte Detektiv fest. »Ihr Rücken verdeckt den entscheidenden Teil der Tischplatte.«

»Und genau deshalb gehen wir jetzt zu Phase zwei unserer Beschattung über«, bestimmte Justus.

»Nämlich?«, fragte der Student gespannt.

»Positionsänderung und Annäherung.«

»Gute Idee«, stimmte Bob zu. »Ich übernehme dann wieder die Adressentarnung.« Damit war gemeint, sich mit einer großen entfalteten Straßenkarte an einen strategisch günstigen Standort zu begeben. Für Außenstehende wirkte es dann so, als würde man eine bestimmte Adresse suchen, während man in Wirklichkeit, gut verdeckt, die jeweilige Zielperson beobachtete.

»Außerdem gibt's ja noch einige andere Deckungsmöglichkeiten«, fügte Peter an. »Zum Beispiel die Hibiskusbüsche da vorne und das Wohnmobil auf dem Parkplatz. Das Motelfenster ist so niedrig, dass man von dort aus einen guten Blick auf den Schreibtisch haben müsste.«

Justus nickte. »Apropos Wohnmobil – direkt daneben steht das Auto der Adlerlady. Derjenige, der diese Position einnimmt, sollte auch einen Blick ins Innere des Mitsubishi werfen. Vielleicht finden sich bei einem solchen Check ja noch weitere Anhaltspunkte.«

Anerkennend hob Vincent die Augenbrauen. »Man merkt, dass ihr echte Profis seid.«

Bob lächelte. »Letztlich ist auch die Detektivarbeit ein Handwerk. Je öfter man –«

In diesem Moment klingelte Peters Handy. Die angezeigte Nummer kannte er nicht. »Hier Peter Shaw.«

»Hallo, Peter«, meldete sich die auffallend nasale Stimme einer jungen Frau mit britischem Akzent. »Du kennst mich nicht – ich bin Estelle Staceman.« Sie klang besorgt. »Es hört sich bestimmt seltsam an, aber ich brauche dringend deine Hilfe.«

»Meine Hilfe?«, fragte der Zweite Detektiv irritiert. »Sie meinen wahrscheinlich die Hilfe der drei ???, oder?«

»Nein, nur deine.«

»Aha …« Der Zweite Detektiv war verwirrt. »Wobei genau soll ich Ihnen denn helfen? Und woher haben Sie eigentlich meine Nummer?«

»Das erkläre ich dir alles, wenn wir uns treffen«, gab die Frau mit spürbarer Anspannung zurück. »Ich stehe hier vor dem Gebrauchtwarencenter. Mrs Jonas hat mir gesagt, dass du unterwegs bist. Kannst du bitte so schnell wie möglich zurückkommen?«

»Äh … einen Moment, bitte.« Peter hielt eine Hand vor sein Handy und wandte sich an seine Freunde, die ihn, ebenso wie Vincent, gespannt anblickten. »Das ist eine Estelle Staceman, die sagt, dass sie unbedingt meine Hilfe braucht. Deshalb soll ich schnellstmöglich zum Gebrauchtwarencenter kommen, alles Weitere will sie mir erst dann erzählen.«

»Interessant«, erwiderte Justus stirnrunzelnd. »Dir steht natürlich frei, dieser Bitte nachzukommen. Für die Observierung sind wir auch zu dritt gut aufgestellt. Das Problem ist, dass wir Bobs Käfer nicht entbehren können. Schließlich könnten noch weitere Verfolgungsfahrten notwendig werden. Vincents Motorrad ist dafür nicht ausreichend.«

»Daran habe ich noch gar nicht gedacht.« Peter hielt das Handy wieder ans Ohr. »Hallo? Ich würde wirklich gern helfen, aber ich bin nicht mit dem eigenen Auto hier. Deshalb –«

»Das ist kein Problem«, unterbrach ihn Estelle. »Du kannst dir ein Taxi nehmen – ich übernehme die Kosten.«

»O-okay.« Der Zweite Detektiv versuchte, seine Gedanken zu sortieren, aber das war angesichts der völlig unklaren Situation sinnlos. Letztlich hörte er auf sein Bauchgefühl. »Gut, dann breche ich gleich auf. In etwa einer halben Stunde müsste ich bei Ihnen sein.«

»Danke!« Die Erleichterung war der Anruferin deutlich anzumerken. »Ich danke dir von ganzem Herzen!«

Nachdem Peter aufgelegt und von dem Taxi-Angebot berichtet hatte, nickte Justus.

»Gut, dann trennen sich vorerst unsere Wege. Du triffst dich mit dieser Estelle und wir versuchen, mehr über die Frau im Motel herauszufinden.« Der Erste Detektiv erhob sich. »Also dann – ans Werk, Kollegen!«

Fünfunddreißig Minuten später traf Peter beim Gebrauchtwarencenter in der Sunrise Road ein. Sofort trat eine blonde, sommersprossige Frau Mitte zwanzig an das Taxi heran und bezahlte den Fahrer, einschließlich eines großzügigen Trinkgelds.

Nachdem der Zweite Detektiv ausgestiegen war, schüttelte ihm Estelle überschwänglich die Hand. »Nochmals vielen lieben Dank, dass du so schnell gekommen bist!«

»Schon okay.« Peter deutete auf eine kleine Bank am Straßenrand. »Wollen wir uns setzen?«

»Gern.«

Bei Tante Mathilda wollte sich Peter lieber nicht sehen lassen, da er nicht riskieren wollte, dass sie ihn zur sofortigen Reparatur der Grabenfräse verdonnerte.

»Worum geht es denn?«, fragte er die Frau, nachdem sie Platz genommen hatten.

Die Frau putzte sich zunächst geräuschvoll die Nase. »Sorry, Allergie.« Sie atmete tief ein. »Ich glaube, es ist das Beste, wenn ich ganz am Anfang beginne.«

»Das ist meist eine gute Idee«, stimmte Peter zu.

»Ich … arbeite als Beleuchtungs-Praktikantin in Hollywood und habe schon an mehreren Dreharbeiten mitgewirkt. Dabei habe ich unter anderem auch deinen Dad kennengelernt.« Ein Lächeln huschte über ihr bis jetzt sehr ernstes Gesicht. »Ein ausgesprochen sympathischer und humorvoller Mann, der mir viele wertvolle Ratschläge gegeben hat.«

Peters Vater arbeitete schon seit vielen Jahren als Experte

für Spezialeffekte und kam dabei mit unzähligen Personen aus der Filmbranche in Kontakt.

Peter horchte auf. »Verstehe. Und mein Dad hat Ihnen von unserer Arbeit als Detektive erzählt, richtig?«

»Genau. Du kannst mich aber gerne duzen, Peter«, gab Estelle zurück. »Dein Dad hat mir von den drei ??? im Allgemeinen und natürlich auch von dir im Besonderen berichtet. Im Laufe der Zeit habe ich dich sogar ein paarmal gesehen, wenn auch nur von Weitem. Dabei fiel mir auf, dass du dich auf den verschiedenen Studiogeländen völlig frei bewegen kannst.«

»Stimmt, mich kontrolliert inzwischen niemand mehr«, bestätigte der Zweite Detektiv. »Wegen meiner Set-Besuche bei Dad kennen mich die meisten. Außerdem habe ich schon zig Botengänge zwischen den Studios gemacht und auch selbst bei einigen Produktionen mitgearbeitet. Dabei trifft man immer wieder auf dieselben Leute, sei es bei den verschiedenen Filmteams oder bei der Security.«

»Das ist ein wichtiger Punkt«, erklärte die Frau. »Aber dazu gleich. Jedenfalls hat dein Vater gesagt, dass ich mich, wenn ich irgendwann mal in der Klemme sein sollte, jederzeit an ihn oder dich wenden kann. Er hat sehr von deinen vielen Talenten und Fähigkeiten geschwärmt. Von ihm habe ich damals auch deine Handynummer bekommen.«

»Und … jetzt *bist* du in einer solchen Klemme«, vermutete Peter.

»Ja. Das heißt, nicht ich direkt, sondern meine Tante, Lucyna Scantling.«

»Lucyna Scantling?«, fragte der Zweite Detektiv überrascht. »Die Drehbuchautorin? Die kenne ich! Ist aber schon eine ganze Weile her, dass wir uns zum letzten Mal über den Weg gelaufen sind. Müsste im Frühjahr gewesen sein.«

»Ich weiß – sie hat mir davon erzählt. Du hast dich rührend um sie gekümmert, als sie unglücklich mit dem Fuß umgeknickt war.«

»Stimmt, sie war über ein falsch verlegtes Lastkabel gestolpert.« Gespannt beugte sich Peter vor. »Und was für ein Problem hat deine Tante?«

Estelles Miene verdüsterte sich wieder. »Du … hast vermutlich mitbekommen, dass Lucynas Karriere seit Langem stagniert. Ihr letzter erfolgreicher Film liegt schon Jahre zurück.«

Peter nickte stumm. Er kannte Miss Scantling nur flüchtig, aber von Berichten seines Vaters wusste er, dass sie eine ungemein talentierte Autorin war, die immer wieder Pech bei der thematischen Auswahl ihrer Projekte gehabt hatte.

»Dann kennst du auch ihren Manuskript-Tick?«, wollte die Frau wissen.

Peter hob die Schultern. »Nein. Welchen Tick meinst du?«

»Tante Lucyna ist in einigen Dingen ziemlich abergläubisch. Dazu gehört, dass sie all ihre Texte grundsätzlich auf ihrer steinalten *Underwood*-Schreibmaschine verfasst. Sie ist der festen Überzeugung, dass ›wahre kreative Magie‹ nur auf diese Weise, mit einem einzigen Original, entstehen kann. Erst nach Vollendung des Drehbuchs werden dann Kopien angefertigt.«

Jetzt war es der Zweite Detektiv, der lächelte. »Jeder Mensch hat eben seine Eigenheiten.« Er wusste, dass solche Skurrilitäten in Hollywood gar nicht so selten waren. Über den Regisseur und Drehbuchautor Quentin Tarantino war beispielsweise bekannt, dass er bei der Ausarbeitung seiner Texte weder Computer noch Schreibmaschinen verwendete, sondern alles ausschließlich von Hand verfasste.

Nervös strich sich Estelle über die Schulter. »Genau diese Eigenheit ist jetzt das große Problem.«

»Das musst du mir erklären«, forderte Peter sie auf. Die nun folgende Antwort ließ ihm für einen kurzen Moment den Atem stocken.

»Das Drehbuch soll gestohlen und vernichtet werden!«

Peter muss die Galaxis retten

Dem Zweiten Detektiv fiel fast die Kinnlade herunter. »Das … ist nicht dein Ernst.«

»Über so etwas würde ich niemals Witze machen«, gab Estelle zurück.

»Aber …« In Peters Kopf wirbelten die Gedanken wild durcheinander.

»Ich weiß, dass das ziemlich verrückt klingt, aber ich kann es dir erklären. Meine Tante schreibt seit über einem Jahr am Drehbuch zu einer Science-Fiction-Komödie, von der sie sich ihr großes Comeback in Hollywood erhofft. Es ist inzwischen so gut wie fertig, aber nun hat Lucyna herausgefunden, dass die Produktionsfirma an diesem Projekt nicht mehr interessiert ist und es lieber versenken will.«

»Versenken?«, fragte Peter irritiert. »Was soll das heißen?«

»Das soll heißen, dass man das Drehbuch verschwinden lassen will, um anschließend die hohe Versicherungssumme zu kassieren.«

Peter blinzelte perplex. So bizarr sich diese Aussage auch anhörte – er hatte schon von ähnlichen Vorfällen in der jahrzehntelangen Geschichte von Hollywood gehört. »Woher … weiß deine Tante das denn? So etwas steht ja wohl kaum am Schwarzen Brett.«

»Natürlich nicht. Eine befreundete Sekretärin hat zufällig ein Gespräch belauscht und ihr Bescheid gesagt.« Mit einer hilflosen Geste hob Estelle die Hände. »Für Tante Lucy wäre das eine riesige Katastrophe, weil es bis jetzt noch keine Kopien gibt. Das gesamte Projekt wäre unwiederbringlich verloren. An die Polizei kann sie sich nicht wenden, weil es ja keine Beweise für diese Intrige gibt. Und die Sekretärin will keine offizielle Aussage machen, weil sie Angst hat, ihren Job zu verlieren.«

»Unglaublich …« Der Zweite Detektiv runzelte die Stirn. »Wo ist das Drehbuch denn gerade? Kann deine Tante es nicht einfach in Sicherheit bringen?«

»Nein, es liegt in einem Tresor des Filmstudios *Silverstar Pictures*. Im Zimmer Nummer siebenundzwanzig. Vertraglich ist festgelegt, dass es in Schreibpausen dort gelagert werden muss.« Sie hielt kurz inne. »Und meine Tante hat seit acht Tagen nicht mehr geschrieben.«

»Warum denn nicht?«

Estelle biss kurz die Lippen aufeinander. »Sie … wurde wegen eines schweren Nervenleidens in eine Klinik in L.A. gebracht.«

»Das tut mir sehr leid.« Peter erinnerte sich, dass sein Vater ihm in der Vergangenheit von einigen gesundheitlichen Schwierigkeiten berichtet hatte, unter denen Miss Scantling zeitweise litt.

»Wegen … ihres Zustands ist es Lucyna unmöglich, das Drehbuch selber zu holen, und sie ist die Einzige, die offiziell berechtigt ist, den Tresor zu öffnen. Vom Filmteam kann sie sich keine Hilfe erhoffen, weil praktisch jeder in die Sache verwickelt sein könnte.« Sie rieb sich die geröteten Augen. »Meine Tante … ist voll und ganz auf dieses Original angewiesen, weil ihre Krankheit es auf absehbare Zeit nicht zulässt, eine Neufassung anzufertigen. Das … ist völlig ausgeschlossen. Du weißt ja – sie ist nicht mehr die Jüngste und ihre Kräfte haben stark nachgelassen. In ihrer Not hat sie sich an mich gewandt – ich bin die einzige Verwandte, die in ihrer Nähe wohnt. Der Rest der Familie lebt in London.«

»Und dann hast du dich an das Angebot meines Vaters erinnert, dich an ihn oder mich zu wenden, falls du mal in Schwierigkeiten geraten solltest«, folgerte Peter. »Und weil Dad momentan wegen eines Beratungsjobs in Nevada beschäftigt ist, hast du mich gewählt.«

»Genau. Und die Zeit drängt. Tante Lucyna hat die Nachricht der Sekretärin heute Vormittag erhalten. Und wenn sie alles richtig verstanden hat, soll der Diebstahl des Drehbuchs noch heute passieren!« Estelle holte ihr Handy hervor. »Aber es ist besser, wenn Lucyna dir alles Weitere selbst erzählt.« Sie wählte eine Nummer und reichte dem Zweiten Detektiv das Mobiltelefon.

Unsicher schaltete er den Lautsprecher ein und hielt sich das Handy ans Ohr. »Hallo? Hier Peter Shaw.«

»H-hallo, Peter. Hier ist Lucyna Scantling.« Die Stimme war nur schwach, aber das charakteristische leichte Lispeln erkannte Peter sofort wieder. »Mir ist das wirklich sehr unangenehm, aber ich weiß mir einfach keinen anderen Rat. Du … du musst mir helfen.«

Erst jetzt fiel dem Zweiten Detektiv auf, dass im Gespräch mit Estelle noch überhaupt nicht seine Aufgabe bei der ganzen Sache beschrieben worden war. Augenblicklich stieg ein mulmiges Gefühl in ihm auf und trotz der Hitze lief ihm eine Gänsehaut über den Rücken. »Verstehe ich Sie richtig? *Ich* soll Ihr Drehbuch beschaffen?«

»Ja …« Miss Scantlings Verzweiflung war schier mit Händen zu greifen. »Beim Filmteam weiß ich nicht, wer alles in die Sache verwickelt ist. Und eine außenstehende Person kann ich nicht beauftragen, weil sie gar nicht erst auf das gesicherte Gelände käme. Auch Estelle kann ich nicht schicken, weil sie nicht für dieses Studio arbeitet und deshalb keine Zutrittsgenehmigung hat. Du hingegen …«

»Ich hingegen brauche eine solche Genehmigung nicht«, vervollständigte Peter langsam den Satz. »Weil mich so gut wie jeder kennt und ich mich überall frei bewegen kann.« Jetzt war die Katze also aus dem Sack. Und es war eine Katze, die dem Zweiten Detektiv ganz und gar nicht gefiel.

»Natürlich weiß ich, dass das viel verlangt ist, aber du bist der Einzige, an den ich mich wenden kann. Niemand anderer käme für diese Aufgabe infrage. Nur du bist sowohl für Studiomitarbeiter als auch für Sicherheitsleute gleichermaßen unauffällig wie vertrauenswürdig.«

»Quasi unsichtbar …«, murmelte der Zweite Detektiv. »Aber wie genau stellen Sie sich das Ganze denn vor? Wie soll ich das machen?«

»Ich habe dir alles Wichtige aufgeschrieben; Estelle wird dir den Zettel geben.«

Die junge Frau nickte.

»Das fragliche Studiogebäude kenne ich in- und auswendig, weil ich das Drehbuch in den vergangenen Monaten immer höchstpersönlich im Tresor deponiert habe«, fuhr Miss Scantling fort. »Deshalb kenne ich alle notwendigen Codes, die Uhrzeiten der Wachgänge und so weiter. Wenn du die Baseballkappe aufsetzt, die meine Nichte mitgebracht hat, und den Kopf gesenkt hältst, müsstest du ohne Schwierigkeiten an den Sicherheitskameras –«

»Moment mal.« Peters Augen weiteten sich. »Sie meinen, ich soll Ihr Drehbuch … *stehlen*?«

»Es ist kein Diebstahl«, widersprach Miss Scantling vehement. »Dieses Buch ist mein geistiges Eigentum, ohne Wenn und Aber. Deshalb ist es ist auch mein gutes Recht, seine Vernichtung zu verhindern.«

Perplex strich sich Peter mit der freien Hand durch die verschwitzten Haare. So schwer es auch fiel – er musste jetzt ruhig bleiben und sich konzentrieren. Was würde Justus in einer solchen Situation tun? Logisch denken. Natürlich. »Äh … aber wäre es nicht möglich, dass Sie mir einfach eine Vollmacht ausstellen, damit ich das Buch ganz offiziell in Ihrem Auftrag abholen und dann sofort Kopien machen kann?«

»Ein solches Dokument habe ich beigelegt, aber …« Miss Scantling gab ein lang anhaltendes, bedenklich klingendes Husten von sich. Dann fuhr sie heiser fort. »Ich bin fest davon überzeugt, dass man dich unter irgendeinem, vermutlich juristischen Vorwand abweisen würde. Vertraglich habe ja nur ich persönlich und niemand sonst Zugriff auf das Drehbuch.«

Estelle nickte. »Mir würde es nicht anders ergehen.«

»Ich sagte ja: Man will das Manuskript unter allen Umständen verschwinden lassen«, fuhr die Anruferin fort. »Eine direkte Anfrage beim Studio würde das alles vermutlich nur noch beschleunigen. Deshalb bitte ich dich, diese machtlose Vollmacht nur im Notfall zu verwenden.«

»Falls ich auffliege«, murmelte Peter kaum hörbar.

Miss Scantlings Stimme klang nun tränenerstickt. »Mein Drehbuch muss unbedingt gerettet werden … Selbst wenn ich mit diesem Studio nicht weiterarbeiten kann, ist die Geschichte so gut, dass ich woanders einen zweiten Versuch starten könnte. Vielleicht … die allerletzte Chance meiner Karriere.«

Für einen Moment wusste der Zweite Detektiv nicht, was er sagen sollte.

Lucyna Scantlings Tonfall war nun geradezu flehentlich und ihre ohnehin schwache Stimme zitterte. »Bitte, Peter … Du bist meine letzte Hoffnung. Nur du kannst *Gilligans Galaxis* retten.« Sie hustete erneut. »Und … meine Zukunft.«

Peters Kehle war plötzlich sehr trocken. Wieder musste er an Justus denken. Und an Bob. Unter normalen Umständen hätte er sich natürlich mit seinen Freunden kurzgeschlossen, um sie über die unfassbaren Neuigkeiten zu informieren. Aber er durfte die Beschattung in Santa Monica nicht gefährden. Ein Telefonat war ohnehin nicht möglich, da die beiden ihre Handys bei solchen Aktionen routinemäßig auf stumm schalteten. Doch auch eine Textnachricht beziehungsweise die Reaktion darauf könnte ein Risiko darstellen, falls die observierte Person sehr nahe war. So blieb dem Zweiten Detektiv nichts anderes übrig, als diese Entscheidung ganz allein zu treffen.

Peter straffte sich und blickte Estelle, die ihn die ganze Zeit hoffnungsvoll beobachtet hatte, tief in die Augen. Dann sagte er ins Telefon:

»Miss Scantling … ich übernehme Ihren Fall.«

Der Gefangene auf Sumatra

In der Zwischenzeit lief die Beschattung der Frau im Motel auf Hochtouren. Wie besprochen hatte Bob, angelehnt an eine Straßenlaterne, mit seiner entfalteten Straßenkarte Position bezogen, während Justus sich in einem geschickt gewählten Winkel zwischen Mitsubishi und Wohnmobil platziert hatte. Weder vom Motel noch von der Straße aus war er zu sehen. Vincent, der ja keine detektivische Erfahrung besaß, war auf seinem Stuhl vor dem Imbiss geblieben. Falls er irgendeine nahende Gefahr bemerken sollte, würde er mit einem lauten Niesen darauf aufmerksam machen.

Die Überprüfung des Kleinwagens hatte leider zu keiner neuen Erkenntnis geführt. Im Innenraum waren keinerlei persönliche Gegenstände zu entdecken, buchstäblich gar nichts. Hinzu kam die auffällige, fast schon sterile Sauberkeit, die den Ersten Detektiv vermuten ließ, dass es sich entweder um einen Neu- oder einen Mietwagen handelte. Das brachte ihn hinsichtlich der Identitätsbestimmung der Unbekannten leider keinen Schritt weiter. Der Blick auf den Schreibtisch im Motelzimmer war da schon ergiebiger. Allerdings steigerte das die Verwirrung rund um die große Frau nur noch weiter. In einem Moment, als sie sich kurz zurücklehnte, erkannte Justus, dass sie an einer rot-blauen Rundumleuchte hantierte, wie sie beispielsweise bei Einsatzfahrzeugen der Polizei oder Feuerwehr verwendet wurde. Aber was hatte das zu bedeuten? Die Frau würde ja wohl kaum vorhaben, ihren Kleinwagen mit diesem Warnlicht auszustatten, um anschließend schnellstmöglich durch den Verkehr zu kommen. Schließlich hatte ihr fast halbstündiger Tanz nicht im Geringsten auf irgendeinen Zeitdruck hingedeutet. Das alles passte hinten und vorne nicht zusammen. Als Justus nun zu Bob hinübersah, erkannte er an dessen Schulterzucken, dass auch er sich keinen Reim auf die Situation machen konnte.

Noch rätselhafter wurde das Verhalten der Unbekannten, als sie plötzlich eine Reisetasche auf den Schreibtisch stellte, eine mehrere Meter lange Blumengirlande daraus hervorholte und in ihrem Zimmer aufhängte. Anschließend befestigte sie mit schwarzen Fäden diverse Gegenstände daran, die wie Tierknochen aussahen.

Der Erste Detektiv war mit seinem Latein am Ende. Er konnte sich einfach nicht erklären, was hier vor sich ging.

Dann ertönte ein mehrfaches lautes Niesen – das Gefahrensignal von Vincent!

Wenige Sekunden später hatten Justus und Bob wieder ihre Plätze neben Vincent eingenommen. Der Student war völlig außer sich. Mit zitternder Hand hielt er den Detektiven sein Handy hin.

»Schnell! Ein Videoanruf von Jayden!«

Gebannt blickten Bob und Justus auf das Display. Zu sehen war eine exotische Dschungellandschaft, im Hintergrund eine hoch aufragende Bergkette. Derjenige, der das Video mit nach vorn gehaltener Kamera drehte, lief mit seinem Handy durch den Urwald. Zu sehen war nur die Umgebung. Dann ertönte eine gehetzte, angstverzerrte Stimme.

»Sie sind da – sie kommen! Ich will hier raus! Ich will hier *rauuuuus*!«

Mit aufgerissenen Augen starrte Vincent die Jungen an. Dann hielt er das Mobiltelefon an die Lippen. »Jayden! *Jayden!* Antworte doch!«

Keine Reaktion.

Nach einer ersten Schrecksekunde zückte Bob sein Handy und gab geistesgegenwärtig einige Begriffe in eine Suchmaschine ein. Dann verkündete er mit ernster Miene: »Ich bin kein Geograf, aber ich würde jede Wette eingehen, dass das dahinten der Vulkan Gunung Kerinci ist – die höchste Erhebung des Barisan-Gebirges. Auf *Sumatra*.«

Vincents Mundwinkel zuckten. »Aber … das kann doch unmöglich –«

Weiter kam er nicht, denn nun erschallte aus dem Lautsprecher des Handys ein schriller Schrei.

»NEIIIIIN! Sie haben alles abgesperrt! Ich bin gefangen!«

Plötzlich änderte sich die Perspektive. Der Mann lief offensichtlich den bisher eingeschlagenen Weg wieder zurück. Dabei keuchte er panisch: »Sie werden es tun, sie werden es tun, sie werden es tun …«

Im Bild erschien jetzt ein Rucksack, in dem jemand hektisch herumwühlte. Auf der Vorderseite war eine in Schwarz von Hand aufgemalte Oregon-Silhouette mit dem Schriftzug *Jaydon & Vincent – Best Buddies forever* zu erkennen.

»Mein Messer … wo ist mein Messer?« Dann ein Stocken. »Oh nein … sie haben mich umzingelt.« Dann erklang ein ersticktes Weinen. Der folgende Satz ließ sogar den stets selbstbeherrschten Ersten Detektiv zusammenzucken.

»Sagt Dad, dass ich ihn sehr geliebt habe …«

In diesem Moment brach die Verbindung ab.

Bob und Justus kamen gar nicht dazu, einen klaren Gedanken zu fassen, denn nun riss Vincent den Arm hoch und deutete mit ausgestrecktem Zeigefinger zum Motel.

»Die Frau! Sie ist weg!« Sein Kopf wirbelte herum in Richtung Straße. »Da! Ihr Auto!«

Ohne dass die Detektive reagieren konnten, stürzte der Student zu seinem Motorrad und raste davon, dem Mitsubishi hinterher.

Fassungslos starrte Bob den Ersten Detektiv an. »Was … ist –?«

»Los!« Justus sprang auf, knallte einige Dollarscheine auf den Tisch und begann zu rennen.

Sosehr sich die Jungen auch beeilten – als sie den VW Käfer in der Seitenstraße erreichten und losfuhren, waren der graue Kleinwagen und Vincents Motorrad bereits außer Sichtweite.

»Verdammt!«, fluchte Bob. »Wie konnte uns das passieren?«

Währenddessen hatten Peter und Estelle in deren Volvo-Kombi das umzäunte Studiogelände erreicht. Auf der Fahrt hatte der Zweite Detektiv sorgfältig einen karierten DIN-A4-Zettel studiert, auf dem Miss Scantling mit zittriger Handschrift alle wichtigen Informationen über die Sicherheitsvorkehrungen auf dem Weg Richtung Tresor notiert hatte. Die gefaltete Vollmacht der Drehbuchautorin hatte er in die Gesäßtasche seiner Jeans gesteckt, ebenso wie ihre Codekarte für das Tresor-Büro. Trotzdem war ihm alles andere als wohl in seiner Haut.

Das schien Estelle bemerkt zu haben. »Du bist dir nicht sicher, ob du das tun willst.«

Der Zweite Detektiv räusperte sich. »Ich … möchte deiner Tante wirklich gerne helfen. Aber was passiert, wenn mich die Security doch erwischt und man das Schreiben von Miss Scantling für eine Fälschung hält? Oder wenn man mich trotz der Baseballkappe später auf den Überwachungsvideos erkennt? Dann wird man mich als Dieb des Drehbuchs beschuldigen. Und das könnte nicht nur für mich schlimme Folgen haben, sondern auch für meinen Dad.«

Estelle legte Peter eine Hand auf die Schulter. »Natürlich verstehe ich deine Bedenken voll und ganz, aber darum musst du dir wirklich keine Sorgen machen. Ich verspreche dir hoch und heilig: Meine Tante wird dich in allen erdenklichen Fällen entlasten. Es ist *ihr* Drehbuch – und sie hat alles Recht der Welt, es von dir abholen zu lassen. Die Nummer des Tresors kannst du nur von ihr bekommen haben. Du hast also keinerlei negative Konsequenzen für dich oder deinen Dad zu befürchten.« Sie blickte zu dem mehrstöckigen Studiogebäude hinüber. »Der entscheidende Punkt ist, dass das Drehbuch verloren ist, wenn du es nicht rechtzeitig aus dem Tresor holst. Das wäre das unwiderrufliche Ende für *Gilligans Galaxis.*« In ihren Augen schimmerten Tränen. »Und das würde meine Tante nicht verkraften. Es wäre ihr Ende …«

Peter atmete tief durch. Selten hatte so viel Verantwortung auf seinen Schultern gelastet. Aber er konnte Lucyna Scantling einfach nicht im Stich lassen. »Okay.« Er öffnete die Beifahrertür und setzte sich die Baseballkappe mit dem roten Logo der *Cleveland Guardians* auf. »Wünsch mir Glück.«

Der stämmige Wachmann am Tor kannte den Zweiten Detektiv von diversen Begegnungen und war immer für ein Schwätzchen zu haben. Lächelnd tippte er sich an die Schirmmütze. »Mr Shaw junior – was verschafft uns die Ehre? Und wie geht es dem werten Herrn Vater?«

Auch Peter bemühte sich um ein Lächeln. Er mochte den stets freundlichen Terry Cillian, aber für Small Talk hatte er jetzt weder Zeit noch Nerven. »Dad geht's prima. Wahrscheinlich kommt er übermorgen aus Nevada zurück.«

»Grüß ihn bitte von mir. Mit niemandem sonst kann man sich so gut über Fehler in Filmklassikern unterhalten wie mit ihm. Mein absoluter Favorit ist Alfred Hitchcocks *Der un-*

sichtbare Dritte. Da hält sich in der Szene im UNO-Gebäude ein Junge im Hintergrund die Ohren zu, obwohl er gar nicht wissen kann, dass Eva Marie Saint Sekunden später auf Cary Grant schießen wird. Und –«

»Das richte ich gerne aus«, unterbrach ihn Peter und blickte auf seine Armbanduhr. »Jetzt muss ich aber los – ich soll etwas abholen.«

Mr Cillian machte eine einladende Handbewegung. »Bitte sehr, Reisende soll man nicht aufhalten.«

So einfach, wie Peter das Gelände betreten konnte, so problemlos gestaltete sich auch der Zutritt zum Studiogebäude. Während der Fahrt hatte er sich sämtliche Hinweise von Miss Scantling genau eingeprägt. Bis zur nächsten Security-Patrouille blieb noch eine gute halbe Stunde – genügend Zeit für sein Vorhaben. Ohne Schwierigkeiten gelangte er mit stets gesenktem Kopf durch die Flure. Die wenigen Mitarbeiter, denen er über den Weg lief, nahmen keine Notiz von ihm. Schließlich öffnete er per Codekarte die Tür von Zimmer Nummer siebenundzwanzig, in dem sich an diesem Samstagmittag, wie von Lucyna Scantling vorhergesagt, niemand aufhielt. Nun gab er auf dem Tastenfeld des Wandtresors die mitgeteilte Zahlenkombination ein. Er zog die Safetür auf, entnahm das Drehbuch mit der Aufschrift *Gilligans Galaxis*, steckte es in seinen Hosenbund und zog sein Sweatshirt darüber. Dann begab sich der Zweite Detektiv auf den Rückweg. Auch jetzt lief alles nach Plan, wenn man mal davon absah, dass er mit einer Sekretärin, die er flüchtig kannte, ein kurzes Gespräch über eine ›grandiose‹ bolivianische Seifenoper führen musste. Obwohl er von dieser Serie noch nie gehört hatte, schlug er sich recht wacker. Kurz darauf, keine zehn Minuten nach seiner Ankunft, war er wieder zurück am Tor.

»Na, hat alles geklappt?«, fragte Terry Cillian gespannt.

Peter schüttelte den Kopf. »War wohl ein Missverständnis. Ich komme dann in den nächsten Tagen noch mal vorbei.«

Der Wachmann hob grüßend die Hand. »Du weißt ja – hier bist du immer willkommen.«

Zurück im Wagen blickte ihn Estelle mit weit aufgerissenen Augen an. »*Und?*«

Lächelnd zog Peter das Manuskript unter seinem Sweatshirt hervor. »Dem Drehbuch deiner Tante droht ab jetzt keine Gefahr mehr.«

Schluchzend fiel ihm die junge Frau um den Hals und drückte ihn fest an sich. »Danke, danke, danke! Ich … weiß gar nicht, was ich sagen soll.«

»Danke reicht völlig«, erwiderte Peter zwinkernd und deutete spielerisch eine Verbeugung an. »Den drei ???, vertreten durch den Zweiten Detektiv, war es ein Vergnügen, bei diesem besonderen Notfall behilflich zu sein.« Er wies nach vorn. »Aber jetzt sollten wir aufbrechen. Sicher ist sicher.«

Estelle wirkte plötzlich verlegen. »Nimm es mir bitte nicht übel, aber ich möchte jetzt so schnell wie möglich zu meiner Tante in die Klinik. Wenn es für dich okay ist, gebe ich dir das Geld für ein Taxi – dann kannst du zurück zu deinen Freunden nach Santa Monica fahren.«

»Kein … Problem«, entgegnete Peter zögernd. Er war ein wenig überrumpelt, aber natürlich verstand er dieses Anliegen. So nahm er die gereichten Dollarscheine entgegen. Bevor er ausstieg, beugte sich Estelle zu ihm vor und gab ihm einen Kuss auf die Wange.

»Das werde ich dir nie vergessen, Peter Shaw.«

Nachdem der Zweite Detektiv den Wagen verlassen hatte, kurbelte die Frau das Fahrerfenster herunter und winkte. »Tante Lucyna wird sich sehr bald bei dir melden. Grüß bitte Justus und Bob von mir!«

Wenige Sekunden später stand Peter am Straßenrand und blickte dem davonfahrenden Volvo hinterher. Fast kam es ihm so vor, als wäre das alles nur ein seltsamer Traum gewesen.

Ein Telefonat ändert alles

In der Zwischenzeit hatten Bob und Justus die misslungene Verfolgung nach mehreren Meilen notgedrungen abgebrochen und fuhren nun zu ihrer ursprünglichen Beschattungsposition zurück.

Auf dem Weg dorthin rief Justus den Zweiten Detektiv an.

Dieser meldete sich bereits nach dem ersten Klingeln. »Hallo, Erster! Na, wie sieht's bei euch aus? Habt ihr herausgefunden, wer die Lady ist?«

»Das zu behaupten, wäre die Übertreibung des Jahres«, erwiderte der Erste Detektiv gereizt. »Wir wissen nicht nur nicht, wer sie ist, sondern haben sie uns auch durch die Lappen gehen lassen. Unsere einzige Hoffnung ist jetzt Vincent, der ihr mit dem Motorrad folgt.«

»Oh …«

»Und was macht dein ominöser Notfall?«, wechselte Justus das Thema.

»Den gibt's nicht mehr, denn ich konnte das Problem lösen«, gab Peter nicht ohne einen gewissen Stolz zurück. »Das Ganze war wirklich unglaublich, aber davon erzähle ich euch, wenn ich wieder bei euch bin. Wo sollen wir uns treffen?«

Sie verabredeten, zum Schnellimbiss zurückzukehren. Peter würde bis dahin aber noch eine Weile brauchen. Am Ziel angekommen bestellte sich Justus zunächst einen großen gemischten ›Frust-Eisbecher‹ mit Schlagsahne. Währenddessen wählte Bob zum wiederholten Mal Vincents Handynummer.

Kopfschüttelnd legte er sein Mobiltelefon auf der Tischplatte ab. »Er meldet sich nicht. Aber das kann natürlich daran liegen, dass er noch immer mit dem Motorrad unterwegs ist und nicht rangehen kann.«

»Zu hoffen ist es«, erwiderte Justus und rammte seinen Löffel energisch in eine große Kugel Vanilleeis. »Denn das würde im besten Fall bedeuten, dass er der Frau immer noch auf den Fersen ist.«

Nachdenklich blickte der dritte Detektiv erneut zum inzwischen geschlossenen Motelzimmerfenster der Unbekannten hinüber. Die Knochengirlande war verschwunden.

»Glaubst du, sie hat gemerkt, dass sie beobachtet wurde, und hat dann die Gelegenheit zur Flucht genutzt, als wir kurzzeitig abgelenkt waren?«

»Die Vermutung liegt zumindest nahe«, gab Justus zurück. »Vielleicht ist sie doch schon auf dem Flur vor Vincents Tür misstrauisch geworden und hat uns seitdem nicht mehr aus den Augen gelassen.«

Bob kratzte sich am Ohr. »Aber was sollte dann dieses verrückte Verhalten in ihrem Zimmer?«

»Eine ausgesprochen gute Frage, die es neben allen anderen zu beantworten gilt.« Der Erste Detektiv nahm den letzten Löffel einer Nusseiskugel. »Solange wir auf Vincents Anruf warten müssen, sollten wir beim einzigen Punkt ansetzen, an dem sich weitere Ermittlungen durchführen lassen. Sofern wir uns Zutritt verschaffen können.«

Bob nickte. »Das Motelzimmer. Zwar halte ich es für unwahrscheinlich, dass die Dame dort unter ihrem echten Namen eingecheckt hat, aber –«

In diesem Moment klingelte Justus' Mobiltelefon. Aufgeregt erkannte er, wer der Anrufer war. »Es ist ein Videoanruf von Vincent!« Rasch drehte er den Lautsprecher seines Geräts hoch. »Hallo, Vincent! Was ist passiert?«

»Alles und gar nichts«, kam die verwirrende Antwort. Der Student klang gleichermaßen frustriert wie verärgert.

»Das … verstehe ich nicht«, gab der Erste Detektiv zu. Ein äußerst seltener Satz aus seinem Mund. »Hast du die Frau eingeholt?«

Vincent schüttelte den Kopf. »Nicht eingeholt. Sie hat auf mich gewartet.«

»*Was?*«, entfuhr es Bob. Er konnte diese Wendung kaum fassen.

»Sie ist direkt zurück zu unserer Adresse gefahren und hat vor der Tür auf mich gewartet«, erklärte der Student. »Jetzt ist sie hier bei mir in der Wohnung.«

»Bei dir in der Wohnung?« Die Augen des Ersten Detektivs weiteten sich. »Bedroht sie dich? Sollen wir Hilfe holen?«

»Nein. Es gibt keine Bedrohung.« Nun kam der nächste Hammer. »Und eine Entführung hat es auch nicht gegeben. Das alles war ein einziger großer Schwindel.« Vincent schwenkte sein Mobiltelefon, sodass nun die große Unbekannte auf einem grünen Sofa ins Bild kam. Sie lächelte unsicher, aber ihrem Gesicht war deutlich anzusehen, dass ihr die Situation sehr unangenehm war.

»Ich … wusste nicht, dass ihr das alles ernst genommen habt«, sagte sie in Richtung Kamera. »Jayden hat mir erzählt, dass das Ganze eine experimentelle Kunstaktion sei, bei der alle Bescheid wüssten, worum es ging.«

»Äh …« Bob verstand kein Wort. »Aber Jayden studiert doch Wirtschaftswissenschaften und nicht Kunst.«

»Das wusste ich ja nicht«, entgegnete die Frau. »Mir hat er gesagt, dass er irgendwas mit visuellen Medien macht.«

»Unglaublich«, murmelte Peter.

»Ich kenne Jayden erst seit Kurzem vom Basketballtraining«, fuhr die Frau fort. »Er war mir auf Anhieb sympathisch, deshalb habe ich ihm diesen ungewöhnlichen Gefallen getan. Bevor er nach Sumatra aufgebrochen ist, hat er mir genau gesagt, was ich wann wo tun sollte, sobald ihr eintrefft. Anschließend würdet ihr mir dann folgen. Von ihm hatte ich auch den Kram in der Reisetasche. Vor zwanzig Minuten hat er mich per SMS informiert, dass die Aktion beendet sei. Ich könne jetzt zur WG zurückfahren, um euch dort zu treffen und das Ergebnis der Aktion zu besprechen.« Sie seufzte. »Ich konnte ja nicht ahnen, dass das alles ganz anders war.«

Justus rieb sich über die pochende Stirn. »Jayden … ist also tatsächlich aus eigenem Antrieb nach Indonesien gereist?«

Jetzt schwenkte Vincent wieder auf sich. »Ja. Freiwillig *und* finanziert vom College. Jayden hat gerade hier angerufen und mir alles erzählt. Ich kriege jetzt nicht mehr sämtliche Details zusammen, dafür war es einfach zu viel. Aber es handelt sich wohl um eine wissenschaftliche Projektpartnerschaft mit der State University of Medan, für die er mit sechs anderen Teammitgliedern eine Woche lang vor Ort Kontakte knüpft. Mir gegenüber hat er das alles geheim gehalten.«

»Aber warum hat er dir nichts gesagt?«, wollte der dritte Detektiv wissen. »Und was hat er mit dem ganzen Gefangenen-Irrsinn im Dschungel bezweckt?«

»Eine Wette!«, brach es aus Vincent hervor. Er gab ein wütendes Schnauben von sich. »Das Ganze ist eine behämmerte Wette, die er mit zwei Kumpeln laufen hat, um zu beweisen, wie leichtgläubig ich bin! Angeblich eine Revanche dafür, dass ich ihm vor einem Monat seine Geburtstagsparty verdorben hätte, weil ich mich mit mehreren Gästen über die wahren Hintergründe der Mondlandung gestritten habe. Ich kann das alles überhaupt nicht fassen!«

»Da bist du nicht allein …«, gab Justus mit verschleiertem Blick zurück.

Vincent biss sich auf die Unterlippe. »Ich kann euch gar nicht sagen, wie unglaublich peinlich mir das alles ist und wie sehr es mir leidtut, dass ich euch in diesen kindischen Blödsinn reingezogen habe.«

»Auch von mir: ein dickes Sorry, Jungs!«, meldete sich nun die Frau zu Wort.

Der Student wischte sich mit der freien Hand durchs Haar. »Ihr könnt euch ganz, ganz sicher sein, dass ich mir den werten Herrn Jayden ordentlich zur Brust nehmen werde, wenn er wieder zurück ist. Und was auch immer er bei dieser Wette gewonnen hat – ich werde einen Anteil einfordern, den ich euch zukommen lassen werde. Als Entschädigung.«

Der Erste Detektiv schüttelte abwehrend den Kopf. »Das ist wirklich nicht –«

»Dochdochdoch, ich bestehe darauf – das bin ich euch schuldig«, unterbrach ihn Vincent. Allmählich entspannten sich seine Gesichtszüge ein wenig. »Das einzig Gute an dem ganzen Schlamassel ist, dass nichts Schlimmes passiert ist. Jayden geht es bestens, mal abgesehen von der Vollmeise, die er offensichtlich hat.«

»Diese Diagnose lasse ich jetzt einfach mal so stehen«, erwiderte der Erste Detektiv mit mühsam unterdrücktem Sarkasmus. Ihm lagen durchaus noch einige andere Bezeichnungen für das Verhalten von Vincents Freund auf der Zunge. »Dann halten wir fest: Der Fall *Gefangener auf Sumatra* hat sich hiermit in Luft aufgelöst.«

Nachdem das Gespräch beendet war, saßen Bob und Justus einige Augenblicke lang einfach nur stumm da.

»Das ist gerade nicht wirklich passiert, oder?«, fragte der dritte Detektiv schließlich.

Justus senkte den Kopf und betrachtete die zarten Grashalme zwischen den Betonplatten zu seinen Füßen. »Falls nicht, sollten wir uns schleunigst auf unsere geistige Gesundheit untersuchen lassen. Denn dann hätten wir zeitgleich exakt denselben idiotischen Tagtraum gehabt.«

Beide Jungen waren geradezu erleichtert, als Peter kurz darauf mit dem Taxi eintraf und sich zu ihnen setzte. Das brachte wieder ein wenig Normalität in die groteske Situation. Vollkommen entgeistert lauschte der Zweite Detektiv nun dem unglaublichen Bericht seiner Freunde.

»Das ist ja der reinste Wahnsinn«, murmelte Peter im Anschluss. Dann huschte ein vielsagendes Lächeln über sein Gesicht. »Aber ich glaube, das kann ich toppen …«

Einige Minuten später lehnte sich Justus staunend auf seinem Stuhl zurück. »Das ist wirklich mal was Neues: Eine Autorin lässt ihr eigenes Drehbuch stehlen.«

»Nicht stehlen – *abholen*«, verbesserte ihn der Zweite Detektiv. »Darauf lege ich großen Wert. Schließlich ist das Buch Miss Scantlings Eigentum, das ich in ihrem Auftrag in Sicherheit gebracht habe.«

»Schon gut, nur keine Aufregung«, beschwichtigte Justus, der Lucyna Scantling und ihre zeitweise auftretenden gesundheitlichen Probleme ebenfalls kannte. »Ich an deiner Stelle hätte vermutlich ebenso gehandelt. Das Filmgeschäft ist das reinste Haifischbecken. Unerbittlich und skrupellos. Da erfordert eine außergewöhnliche Herausforderung wie diese eben eine entsprechende Reaktion.«

»Das sehe ich auch so«, pflichtete Bob bei. »Die letzten Filme von Miss Scantling fand ich wegen diverser handwerklicher Fehler zwar ziemlich verzichtbar, aber das rechtfertigt ja nicht, ihr die vielleicht letzte Chance auf ein Hollywood-Comeback zu zerstören.«

»Dann sind wir uns ja alle einig – sehr erfreulich.« Peter nickte zufrieden. »Bin mal gespannt, ob das Ganze später auch durch die Presse geht.«

Unvermittelt wurde Justus blass und seine Hände krampften sich um die Stuhllehnen. »Fehler ... Film ...« Es war nicht mehr als ein Flüstern.

»Ist dir nicht gut?«, fragte Bob irritiert.

Der Erste Detektiv klatschte sich an die Stirn. »*Filmfehler!*«

Das verräterische »o«

Justus' Ausruf war so laut gewesen, dass sich mehrere Imbissgäste überrascht zu den Jungen umdrehten.

Verwirrt zog Peter die Stirn kraus. »Wärst du so freundlich, uns etwas mehr zu sagen als dieses eine Wort?«

Aufgeregt starrte Justus seine Freunde an. »Im Video, das uns Vincent gezeigt hat, war doch dieser große Rucksack mit dem Oregon-Umriss und dem Freundschaftsspruch zu sehen!«

»Ja, natürlich«, erwiderte Bob. »Aber warum bist du deshalb so aus dem Häuschen?«

»Der Name!«, gab Justus fahrig zurück. »Der Name von Vincents Freund war *falsch* geschrieben! Jaydon mit *o* statt Jayden mit *e*! In der Aufregung vorhin war mir das gar nicht aufgefallen.«

Verwundert beugte sich Bob vor. »Woher willst du das mit dem *e* und *o* denn wissen? Gesprochen klingen beide Varianten völlig gleich. Und wir haben den Namen doch nur aus Vincents Mund gehört.«

»Irrtum«, widersprach der Erste Detektiv. »Ich habe diesen Namen nicht nur gehört, sondern auch gelesen. Und zwar am Briefkasten der beiden. Ich bin mir hundertprozentig sicher: Da stand Jayden mit *e* – sauber in Computer-Druckschrift!«

»Gut und schön«, entgegnete Peter. »Aber wäre es nicht möglich, dass du dich bei dem Video getäuscht hast? Immerhin war das Bild ja ziemlich wackelig und der Schriftzug nur sehr kurz zu sehen.«

Mit todernster Miene schüttelte der Erste Detektiv den Kopf. »Nein, das ist nicht möglich. Du weißt, wie gut mein Gedächtnis ist. Auf dem Rucksack war der Name Jaydon definitiv mit *o* geschrieben!«

Bob hob unschlüssig die Hände. »Aber … was heißt das jetzt?«

Justus machte eine ausgreifende Geste. »Das heißt, dass hier irgendetwas faul ist – und zwar gewaltig! Man schreibt doch seinen Namen nicht mal auf die eine und mal auf die andere Weise.«

»Also war entweder das Briefkastenschild falsch oder die Beschriftung auf diesem Rucksack«, schlussfolgerte der Zweite Detektiv nachdenklich.

»Hmm …« Bob runzelte die Stirn. »Bei der handschriftlichen Version ist das wohl ausgeschlossen. Das Erste, was man als Kind lernt, ist ja, den eigenen Namen richtig zu schreiben. Bei einem Computer-Ausdruck ist es dagegen durchaus denkbar, dass einem beim Schreiben versehentlich ein Buchstabendreher durchrutscht, oder?«

»Vielleicht«, räumte Justus ein, doch seine zu Schlitzen verengten Augen verrieten, dass er keinen Millimeter von seiner Auffassung abrückte. »Aber nicht zweimal. Am ausgedruckten Klingelschild rechts von der Wohnungstür war der Name Jayden ebenfalls mit *e* geschrieben!«

»Hui …«, raunte Peter perplex. »Also waren beide Schilder falsch.«

»Wartet mal eben.« Der dritte Detektiv schnappte sich erneut sein Handy und tippte mehrere Begriffe in eine Suchmaschine ein. In den folgenden Minuten klickte er mehrere Dateien an, unter denen sich offensichtlich auch Videos und Tonaufnahmen befanden, da mitunter leise Wortfetzen aus dem Lautsprecher zu hören waren. Plötzlich gab Bob ein überraschtes Schnaufen von sich. »Das gibt's doch nicht!«

Augenblicklich rückte Justus mit seinem Stuhl näher heran. »Was hast du entdeckt?«

»Ich habe gerade auf gut Glück die Stichworte ›Jaydon‹, ›Vincent‹ und ›Sumatra‹ eingegeben.«

»Und was ist dabei herausgekommen?«, fragte Peter ungeduldig?«

»Dabei ist herausgekommen, dass das Video, das wir gesehen haben, von vorne bis hinten manipuliert war.«

Justus stutzte. »Aber … das wissen wir doch schon. Die gesamte Gefangenen-Geschichte war nur Show.«

»Es gibt keine Gefangenen-Geschichte – jedenfalls nicht verbunden mit diesem Film! Alles, was wir in dem Video gehört haben, war gefälscht. Die komplette Tonspur.« Bob hielt seinen

Freunden das Handy hin, deutete auf eine Bildunterschrift in dem aufgerufenen Reiseportal und scrollte ein Stück nach unten. »Dieses Video stammt von Jaydon *Trescott* und Vincent *Phelps* – zwei Backpackern aus England, die nach einem Roadtrip durch Oregon und einer Raftingtour in Australien auch ihre Reise durch Sumatra in mehreren Videos dokumentiert haben. Und zwar vor *sieben Jahren*!«

»Das …« Justus fand keine Worte. Peter ging es ebenso.

Nun drückte Bob die Play-Taste. Das Video, das jetzt ablief, war ohne jeden Zweifel der von ihrem Ex-Klienten gezeigte Dschungel-Film. Allerdings war die zu hörende Stimme eine völlig andere, deutlich tiefere als die seines angeblichen Freundes. Und sie klang auch keineswegs verängstigt oder gar panisch, sondern gelassen und gut gelaunt. Kein Wort von irgendwelchen Absperrungen, nahenden Ringen oder rätselhafter Gefangenschaft. Stattdessen verschiedene Kommentare zum gerade unternommenen Jogginglauf, zur Urwaldvegetation und der Routenplanung für den folgenden Tag. Darüber hinaus bedauerte der Mann an der Handykamera, dass ihm am Vormittag ein Weißhandgibbon durch die Lappen gegangen sei, weil er seine Kamera nicht schnell genug parat hatte. Am Schluss durchwühlte er den Rucksack – aber nicht auf der Suche nach einem Messer, sondern nach einer Instant-Tomatensuppe für das Abendessen.

»Die … ganze Dramatik entstand also ausschließlich durch die falsche Tonspur, die über das echte Video gelegt wurde«, stellte der Erste Detektiv anschließend mit versteinerten Gesichtszügen fest. »In Kombination mit den vorangegangenen angeblichen Anrufen, den glaubhaften Beteuerungen unseres Auftraggebers und den vermeintlichen Indonesien-Verbindungen der großen Frau entstand so das detaillierte Bild eines geistig zerrütteten Studenten auf Sumatra.«

Grimmig verschränkte Peter die Arme vor der Brust. »Mannomann, da hat man uns ja wirklich reingelegt …«

Bob scrollte noch ein wenig weiter. »Die verschiedenen Videos haben im Durchschnitt hundertfünfzig bis dreihundert Aufrufe. Die Wahrscheinlichkeit, dass wir von den beiden echten Sumatra-Reisenden schon mal gehört haben, lag also praktisch bei null.«

»Und nach der ›harmlosen‹ Auflösung von vorhin hätten wir keine Veranlassung gehabt, weitere Recherchen durchzuführen – der Sumatra-Fall hatte sich schließlich erledigt«, fügte der Erste Detektiv hinzu. »Unser Auftraggeber, der in Wahrheit garantiert nicht Vincent heißt, konnte ja nicht ahnen, dass wir wegen eines falsch geschriebenen Vornamens hellhörig werden und nachhaken.«

»Wohl eher hell*äugig*«, ergänzte Peter mit schiefem Lächeln. »Auf deine superscharfen Sinne ist eben immer und überall Verlass.«

»Mir … fällt da gerade noch eine weitere Unstimmigkeit ein«, fügte Bob zögernd an. »Auf der manipulierten Tonspur hat der falsche Jaydon gesagt: ›*Sagt* meinem Vater, dass ich ihn geliebt habe.‹ Er richtet sich also an mehrere Personen.«

»… obwohl er unmöglich wissen konnte, dass sein Freund

nicht allein am Telefon ist, sondern wir mithören und -sehen«, ergänzte der Erste Detektiv.

Grüblerisch massierte Peter seine Nasenwurzel. »Heißt das, diese ganze Aktion und alles drumherum galt in Wirklichkeit nur … *uns*?«

»Alles deutet darauf hin«, bestätigte Justus. »Allerdings drängt sich hier zwingend die Frage auf: Cui bono?«

»Cui-was?«, fragte der Zweite Detektiv verwirrt.

»Cui bono ist lateinisch. Der Ausspruch stammt vom berühmten römischen Redner Cicero«, erklärte Bob, der im Laufe all seiner Recherchen einen Haufen Wissen angesammelt hatte. »Es bedeutet so viel wie: Wem nützt das? Eine der wichtigsten Fragen bei der Aufklärung von Verbrechen.«

»Gut zusammengefasst«, lobte Justus und knetete seine Unterlippe, wie er es immer tat, sobald es galt, eine besonders harte Nuss zu knacken. »Es ist schlichtweg paradox. Wenn man uns verschaukeln und anschließend als Detektive lächerlich machen wollte, hätte man das alles doch ganz anders aufgezogen.«

»Indem man uns von dem verschollenen Studenten überzeugt und dann plötzlich sagt: ›Ha! Reingefallen, ihr Deppen!‹« Bob zuckte die Achseln. »Stattdessen fälschen diese Typen mit großem Aufwand ein Video, um eine haarsträubende Schwindelgeschichte zu untermauern, die sie dann *selber* entlarven und sich bei uns entschuldigen. Dieser ganze mühsam aufgebauschte Pseudo-Fall verschwindet also von einer Sekunde zur anderen wieder im Nichts …« Er schüttelte verständnislos den Kopf. »Was haben die denn davon?«

Energisch zückte Justus sein Mobiltelefon und stellte den Lautsprecher an, damit seine Freunde mithören konnten. »Fragen wir unseren ehemaligen Klienten doch einfach!«

Nach zweimaligem Klingeln erklang ein knappes: »Ja?«

»Hallo, Vincent.« Der Erste Detektiv betonte den Namen ganz bewusst. »Hier ist Justus noch mal.«

»Justus?« In der Stimme schwangen Verwirrung und Misstrauen mit. »Was … ist denn noch?«

»Wir würden uns gerne noch mal kurz mit dir treffen. Dauert auch nicht lang.«

»Worum geht es denn?«, gab der angebliche Vincent zurück. »Es ist doch alles geklärt.«

»Nicht ganz«, widersprach Justus freundlich. »Zu ein paar Kleinigkeiten hätten wir noch Fragen.«

»Was denn für Kleinigkeiten?« Die Stimme klang nun schon deutlich schroffer. »Das Ganze war eine blöde Wette von Jayden. Fertig. Mehr gibt es dazu nicht zu sagen.«

»Da sind wir anderer Ansicht«, entgegnete der Erste Detektiv. »Aber das besprechen wir besser persönlich.«

Ein kurzes Schweigen. Dann folgte in scharfem Tonfall die Antwort. »Das geht nicht. Ich bin gerade auf dem Weg zur Uni. Wochenend-Seminar mit anschließender Prüfung, und ich bin spät dran.«

Das war offensichtlich eine Lüge, denn der falsche Vincent würde wohl kaum telefonieren, während er Motorrad fuhr. Es war auch keinerlei Motorengeräusch zu hören. Außerdem wusste Justus, dass das Santa Monica College von Vincents

Wohnungsadresse aus mehrere Meilen entfernt war. Warum sollte er dann unter Zeitdruck auf sein Motorrad verzichten?

»Du bist zu Fuß unterwegs?«, fragte der Erste Detektiv freiheraus.

Erneut einige Sekunden Pause am anderen Ende der Leitung. »Was geht es dich denn an, wie ich zum College komme? Und überhaupt – der Fall ist abgeschlossen! Ihr seid Dienstleister, die ich engagiert habe, weil ich dachte, mein Freund sei in Gefahr. Dem ist aber nicht so.« Nun drang offene Wut durch. »Deshalb sage ich hier und jetzt als euer Auftraggeber: *Ich brauche euch nicht mehr!* Für ein weiteres Treffen in dieser Sache gibt es keinen Grund, also lasst mich in Ruhe!«

Plötzlich war dumpf im Hintergrund zu hören, wie sich jemand geräuschvoll schnäuzte, dann erklangen ein Türknarren und die auffallend nasale Stimme einer Frau, die mit britischem Akzent sagte: »Mission erfolgreich beendet, Axel –«

»Verdammt!«

Abrupt riss die Verbindung ab.

Mit ungläubiger Miene beugte sich Bob vor. »Was … war das denn?«

Justus steckte sein Handy wieder ein. »*Das* war offenbar die wundersame Verwandlung von Vincent in Axel, der sich definitiv nicht auf dem Weg zum College, sondern mutmaßlich in der WG befindet, um Spuren zu beseitigen. Darüber hinaus können wir nun mit Gewissheit von einer Komplizin ausgehen, bei der es sich nicht um die Adlerfrau handelt. Deren Stimme klingt nämlich deutlich anders. Außerdem –« Der Erste Detektiv hielt inne, da er bemerkte, dass Peters Gesicht plötzlich die Farbe des grauweißen Imbiss-Tischs angenommen hatte. In stocksteifer Haltung starrte er ins Nichts.

»Was hast du, Zweiter?«

Peter trat kalter Schweiß auf die Stirn. Was er nun sagte, warf alles Bisherige endgültig über den Haufen. »Die Frau gerade … das war Estelle.«

Zweifacher Zusammenbruch

Bob und Justus benötigten einen Moment, bis sie ihre Sprache wiederfanden.

»Die Nichte von Lucyna Scantling?«, fragte Justus perplex. »Bist du dir da ganz sicher?«

Peter nickte stumm.

Verwirrt wischte sich Bob übers Gesicht. »Aber wie kann das sein? Wir –« Er hielt inne, weil der Zweite Detektiv plötzlich wie in Zeitlupe den linken Arm hob, so als wolle er sich auf eine Lehrerfrage hin melden.

»Mir fällt da gerade noch etwas anderes ein …« Peters Augenlider zuckten. »Estelle sagte beim Abschied, dass ich euch von ihr grüßen soll, wenn ich wieder in Santa Monica bin. Dabei … konnte sie gar nicht wissen, dass ich von da gekommen bin. Und auch nicht, dass ich mit *euch* dort war. Beides habe ich ihr gegenüber gar nicht erwähnt.«

»Also muss es ihr jemand gesagt haben …« Bob hielt inne. Dann blickte er Justus an. »Was hat das alles zu bedeuten?«

Nach kurzem Zögern erwiderte der Erste Detektiv den Blick. »Das bedeutet mutmaßlich, dass wir an gleich zwei Schauplätzen nach Strich und Faden belogen wurden.« Er sprang von seinem Stuhl auf. »Und wenn wir uns beeilen, treffen wir zwei der Verantwortlichen vielleicht gerade noch in einer gewissen Studentenwohnung an!«

Kaum zwei Minuten später steuerte Bob seinen VW Käfer in Richtung Südosten. Wegen der gleißenden Reflexionen auf den Karosserien der vorausfahrenden Autos klappte er die Sonnenblende herunter.

»Jetzt versuche ich es schon zum dritten Mal, aber Estelle geht einfach nicht ans Telefon«, stellte Peter nervös fest.

»Das wundert mich keineswegs«, entgegnete Justus. »Vincent kann ich auch nicht mehr erreichen.«

Der Zweite Detektiv konnte die neueste Wendung immer noch nicht fassen. »Ich … kann mir einfach nicht vorstellen, was Miss Scantlings Nichte mit diesen Sumatra-Typen zu tun haben soll. Zwischen beiden Fällen besteht doch überhaupt kein Zusammenhang.«

»Verwechsele Tatsachen bitte nicht mit Annahmen, die auf mangelnden Informationen basieren«, forderte Justus. »Auf den ersten Blick scheint eine Verbindung in der Tat abwegig. Aber diese Estelle würde sich wohl kaum am selben Ort wie Vincent –«

»Wartet mal!«, unterbrach Bob. »Peter, weißt du noch, wann genau du Estelle das Drehbuch übergeben hast?«

»Ziemlich genau, ja«, entgegnete der Zweite Detektiv verdutzt. »Nach der Verabschiedung habe ich ja ein Taxi bestellt und dabei auch auf die Uhr geschaut – da war es Viertel nach eins. Aber wieso …?«

»Viertel nach eins!«, wiederholte Bob aufgeregt. »Genau zu dieser Zeit hat Vincent uns den angeblichen Videoanruf seines Freundes vorgeführt!«

»Man wollte von Anfang an verhindern, dass wir Peter wegen etwaiger Zweifel an Estelles Geschichte von seiner Aktion abhalten«, stellte Justus mit grimmiger Miene fest.

»Deshalb lenkte man uns mit dem Sumatra-Fall beziehungsweise der Adlerlady ab«, fügte der dritte Detektiv an. »Bei so einem bizarren Szenario mussten wir ja anbeißen. Sobald Vincent dann von Estelle erfahren hatte, dass das Drehbuch in Sicherheit ist, startete er die Videonummer.«

Justus nickte. »Auf diese Weise fesselte er unsere Aufmerksamkeit, damit die unbekannte Frau entkommen konnte. Anschließend setzte sich Vincent so schnell mit seinem Motorrad ab, dass wir sie unmöglich einholen konnten. Die spätere telefonische Auflösung mit der angeblichen Wette sollte uns beruhigen. Wir sollten zu der Überzeugung gelangen, dass es gar keinen Fall zu lösen gibt. In diesem Wissen könnten wir die ganze Angelegenheit getrost ad acta legen.«

»Hätte ja auch fast geklappt, wenn du nicht über das *o* gestolpert wärst«, erwiderte Bob.

Grübelnd blickte Peter aus dem Seitenfenster. »Die Sumatra-Show war echt ziemlich dreist. Aber wenn Miss Scantling damit sichergehen wollte, dass ihr mir nicht ausredet, dieses

Drehbuch zu beschaffen, kann ich das schon irgendwie verstehen. Schließlich geht es ja um die vielleicht letzte Chance, ihre Karriere zu retten.«

»Dem würde ich gar nicht widersprechen«, gab der Erste Detektiv zurück. »Die Lügen und falschen Namen waren aus Miss Scantlings Sicht notwendig, um die Aktion überhaupt zu ermöglichen. Der entscheidende Punkt ist, dass die beteiligten Personen nun so auffällig stark darauf bedacht sind, alle Verbindungen zu uns zu kappen.«

»Stimmt«, pflichtete Bob bei. »Wenn es wirklich nur um die Sicherstellung des gefährdeten Drehbuchs ging, könnte man uns gegenüber doch jetzt, nach erfolgreicher Sicherstellung, alle Karten auf den Tisch legen.«

»Es sei denn, es gibt noch einen anderen Grund, warum die beiden jetzt jeden Kontakt zu uns vermeiden wollen«, überlegte Justus.

»Kein Kontakt … falsche Namen …« Peter verharrte kurz, dann griff er hastig erneut zu seinem Handy und wählte eine Nummer.

»Shaw?«, erklang nach mehrmaligem Klingeln die Stimme seines Vaters.

»Hallo, Dad, ich bin's. Hast du kurz Zeit?«

»Wenn's wirklich nur kurz ist«, erwiderte Henry Shaw. »Hier ist gleich Drehbeginn.«

»Kein Problem. Hast du zufällig davon gehört, dass Lucyna Scantling gerade in L.A. im Krankenhaus liegt?«

»Lucyna? Im Krankenhaus?« Mr Shaw war hörbar irritiert.

»Davon weiß ich nichts, aber Moment – ich frage mal einen Kollegen.« Für etwa eine Minute war nur dumpfes Stimmengewirr zu hören. Dann meldete sich sein Vater wieder. Nach kurzem Zögern bat der sichtlich mitgenommene Zweite Detektiv: »Äh … könntest du bitte noch eine andere Erkundigung zu einem Filmprojekt einholen? Es ist wirklich wichtig.«

Auch diesen Gefallen tat Mr Shaw seinem Sohn. Nachdem Peter das Gespräch beendet hatte, drehte sich Justus verdutzt zu seinem schweigenden Freund auf der Rückbank um.

»Und? Was hat dein Vater gesagt?«

Peter brauchte eine Weile, bis er antworten konnte. »Miss Scantling … arbeitet nicht an einem Science-Fiction-Film. Ein Projekt namens *Gilligans Galaxis* existiert überhaupt nicht.«

»Wow …«, hauchte Bob. Dann zögerte er. »Aber … könnte es nicht sein, dass das einfach ein Geheimprojekt ist, von dem Außenstehende noch nichts wissen?«

Peter schüttelte den Kopf. »Laut der angeblichen Miss Scantling ist ihr Manuskript so gut wie fertig. In einem so späten Stadium sind die Dreharbeiten längst in Planung – Produktion, Regie, Musik und so weiter.«

»In Hollywood wäre also auf jeden Fall bekannt, wenn in Kürze der Drehstart für einen Film namens *Gilligans Galaxis* geplant wäre«, fügte Justus mit ernster Miene an.

»Genau.« Peter presste die Lippen aufeinander.

»Es gibt auch keine Nichte namens Estelle. Miss Scantlings einziger lebender Verwandter ist ihr siebzigjähriger Cousin in Pennsylvania.«

Auch Justus war nun deutlich anzusehen, wie sehr ihm die neuen Informationen zusetzten.

Erst jetzt bemerkte Peter, dass er immer noch sein Handy am Ohr hatte. Langsam ließ er es sinken.

»Das … ist noch nicht alles. Die echte Lucyna Scantling ist weder krank noch in einer Klinik. Sie befindet sich gerade in New Mexico, weil sie die Realisierung ihres aktuellen Horrorfilms begleitet. *Die Liga der außergewöhnlichen Zombies*. Und sie erfreut sich bester Gesundheit …«

Drohendes Gefängnis

»Oookay …« Justus verspürte erneut ein heftiges Pochen zwischen seinen Schläfen. »*Alles*, was man uns heute erzählt hat, war gelogen.«

Bob widerstand dem plötzlichen Impuls, an den Straßenrand zu fahren, um das Gehörte sacken zu lassen. Die drei ??? durften keine Zeit verlieren, wenn sie die falsche Estelle und den falschen Vincent noch erwischen wollten.

Der Zweite Detektiv saß wie ein Häufchen Elend auf der Rückbank. Sein glasiger Blick war auf die Fußmatte gerichtet. »Also habe ich doch einen Diebstahl begangen …« Nach kurzem Schweigen beugte er sich aufgeregt zu seinen Freunden vor. Ihm war soeben die ganze Tragweite des Geschehenen bewusst geworden. »Dann muss ich mich doch jetzt der Polizei stellen, um klarzumachen, dass ich hereingelegt wurde.«

Justus schüttelte den Kopf. »Nein, solange alles noch völlig unklar ist, wäre ein solches Vorgehen ein strategischer Fehler, denn deine Unschuld könntest du ja unmöglich beweisen.

Außer deiner Aussage gibt es nicht den geringsten Beleg dafür, dass du auf Anweisung hin gehandelt hast. Du könntest der Polizei weder sagen, wer die Frau am Telefon war, noch, was du überhaupt aus dem Tresor geholt hast. Schließlich ist der aufgedruckte Titel *Gilligans Galaxis* ja offenkundig falsch gewesen. Und zur untergetauchten Frau, der du das Dokument gegeben hast, kannst du ebenfalls keine hilfreichen Angaben machen, oder?«

Angestrengt rief sich Peter das Gesicht der falschen Estelle vor Augen. »Nein … sie sah aus wie vermutlich hunderttausend andere Frauen. Ich weiß ja nicht mal, ob ihr blondes Haar echt oder nur eine Perücke war. Und das Kennzeichen ihres Wagens habe ich mir nicht gemerkt. Ich konnte ja nicht ahnen, wie sich das alles entwickeln würde.«

»Also in sämtlichen Punkten Fehlanzeige – keine guten Voraussetzungen für ein Polizeiverhör«, stellte Bob fest.

»Alles andere als das«, pflichtete Justus bei. Dann wandte er sich wieder an Peter. »Sofern man dich überhaupt ernst nähme, was ich keineswegs als sicher einschätze, wärst du völlig von der Reaktion und Kompetenz der zuständigen Beamten in Santa Monica abhängig. Im schlimmsten Fall gerätst du an irgendeinen Krawall-Sheriff, der dich erst mal wegsperrt. Anschließend wirft er bei *Silverstar* einen Blick auf die Videos der Sicherheitskameras und erklärt dich mal eben für schuldig. Das wäre dann erst der Anfang.«

Peter musste unwillkürlich schlucken. Er hatte schon diverse Fernsehdokumentationen über Menschen gesehen, die jahre-, oft sogar jahrzehntelang unschuldig im Gefängnis gesessen hatten.

»Selbst wenn Inspektor Cotta sich erfolgreich für dich einsetzt, hätte niemand etwas von dem ganzen Chaos«, fuhr Justus fort. »Dasselbe gilt für den Fall, dass du im Filmstudio versuchen würdest, den Vorfall aufzuklären. Wahrscheinlich würde man dich gar nicht zu Ende reden, sondern sofort festnehmen lassen.«

Der Erste Detektiv sah Peter eindringlich an. »Wesentlich effektiver wäre es, wenn wir versuchen, das Drehbuch wiederzubeschaffen und die wahren Täter zu überführen. Das wäre die mit Abstand beste Vorgehensweise, um deine Unschuld zu beweisen.«

»Wahrscheinlich … habt ihr recht«, räumte der Zweite Detektiv zögernd ein. »Ich kann ja wirklich fast nichts zu der Sache sagen, außer dass die Frau am Telefon die Stimme von Lucyna Scantling perfekt imitiert hat. Und dass die Mappe, die ich aus dem Studio-Safe genommen habe, zum Umfang eines Drehbuchs passen würde.«

»Verstehe.« Justus wischte sich über die Stirn und schwieg einige Sekunden. Dann atmete er tief durch. »Hiermit stelle ich fest, dass wir ab jetzt unsere eigenen Auftraggeber sind. Erstes Ziel: die angebliche WG der angeblichen Studenten.« Er wandte sich an den dritten Detektiv. »Hast du das Material für die Abo-Tarnung dabei?«

Bob nickte. »Unterm Beifahrersitz.«

Bei der Abo-Tarnung handelte es sich um eine Vorbereitungsmaßnahme für den Fall, dass in einem ungünstigen Moment, beispielsweise beim Lauschen oder heimlichen Öffnen einer Tür, jemand auftauchte und unangenehme Fragen stellte. Falls das passierte, konnte der ertappte Detektiv einfach behaupten, er sei im Auftrag der *Los Angeles Post* vor Ort, um auf eine aktuelle Kundenaktion aufmerksam zu machen: Beim Abschluss eines Jahresabonnements gäbe es eine von zahlreichen attraktiven Prämien wie beispielsweise einen limitierten Designer-Funkwecker in Holzoptik, einen Multifunktions-Sandwichgrill oder ein klappbares Fußsprudelbad mit Massagefunktion. Jeder der drei Detektive konnte diese Details inzwischen auswendig herunterleiern. Da sein Vater als Journalist bei der *L.A. Post* arbeitete, konnte Bob stets nach Belieben auf die Werbematerialien zugreifen. Die entsprechenden Flyer, Gutscheine und Sticker hatte er in einer grauen Mappe mit aufgedrucktem Zeitungs-Logo zusammengefasst. Ausgestattet mit diesem Tarn-Instrument hatten sich die Jungen schon aus so mancher brenzligen Situation herausreden können.

Kurz darauf erreichten die drei ??? ihr Ziel. Sicherheitshalber stellte Bob seinen Wagen in einiger Entfernung zum Mietshaus auf einem Supermarktparkplatz ab.

»Kein Motorrad, kein Mitsubishi Colt«, stellte Justus nach einem kurzen Rundumblick fest. »Aber selbst wenn niemand mehr da ist, müssen wir die Wohnung trotzdem kontrollieren. Da ich als Einziger dort war, werde ich den Check übernehmen. Unterstützt von dir, Zweiter.«

Peter gab ein leises, aber vernehmbares Grummeln von sich. »Du meinst wohl eher, unterstützt von meinem Dietrichset zum unbefugten Eindringen.«

Mit erhobener linker Augenbraue drehte sich Justus zu ihm um. »Nach dem Drehbuch-Diebstahl spielt *das* ja wohl auch keine Rolle mehr.« Angesichts von Peters bitterbösem Blick ruderte er jedoch schnell wieder zurück. »Sorry, das war nicht witzig. Aber du musst zugeben, dass es nicht einer gewissen Ironie entbehrt, dass wir jetzt in einer Straftat ermitteln, die wir selbst zu verantworten haben.«

Peter verdrehte die Augen und murmelte: »Solange dieser Fall nicht gelöst ist und ich aus allem raus bin, habe ich für Ironie ehrlich gesagt keinen Nerv.«

»Ist hiermit zur Kenntnis genommen.« Der Erste Detektiv richtete sich wieder an Bob. »Während wir im Haus sind, könntest du die Zeit nutzen und bei *Silverstar* anrufen. Vielleicht kannst du ja irgendetwas über das gestohlene Dokument herausfinden.«

Bob runzelte die Stirn. »Und wie soll ich dabei vorgehen? Nicht im Namen der drei ???, oder?«

»Nein, das wäre zum jetzigen Zeitpunkt unklug«, stimmte Justus zu. »Schließlich ist bislang nicht nur unklar, was genau sich in dem Tresor befand, sondern auch, wer alles in die Sache verwickelt ist und welche Kenntnisse man vielleicht über uns hat. Deshalb halte ich es für ratsam, dass du dich bei deiner Befragung, natürlich auch hinsichtlich Peter, völlig bedeckt hältst. Streu einfach ein paar Stichworte ein, die nur ein Insider kennen kann. Vielleicht lässt sich dadurch ja eine Reaktion herauskitzeln.«

»Aye, aye, Sir.«

Nachdem Justus die Zeitungsmappe an sich genommen hatte, stiegen er und Peter aus. Die Eingangstür des Mietshauses, verkeilt durch einen schwarzen Gummistopper, stand offen, ebenso wie ein Fenster am gegenüberliegenden Ende des Treppenhauses. Vermutlich, um zumindest einen Hauch von Durchzug zu ermöglichen. Das hatte jedoch keinen spürbaren Erfolg. Im Inneren des Hauses war es ebenso heiß und stickig wie beim ersten Besuch. Und ebenso ruhig, mit Ausnahme einer gedämpft zu hörenden Football-Übertragung, deren genauer Ursprung jedoch nicht zu bestimmen war.

Als Erstes warf Justus einen Blick auf die Briefkästen. »Tja, das war zu erwarten.«

»Nämlich?«, wollte Peter wissen.

»Kein Vincent mehr und auch kein Jayden. Stattdessen steht jetzt ›Glen Payson‹ auf dem Namensschild. Vermutlich der echte Mieter.« Justus zückte sein Handy und gab den Namen in eine Suchmaschine ein. »Ein Elektro-Installateur mit Firmensitz hier in Santa Monica. Laut einer Kunden-Bewertungsskala sogar ein ziemlich guter.«

»… der entweder mit unseren ehrenwerten Ex-Klienten unter einer Decke steckt oder von alldem nichts weiß«, fügte der Zweite Detektiv an.

»Sofern das nicht schon wieder eine falsche Fährte ist, tendiere ich stark zu Variante zwei. Dieser Mr Payson wäre ja der dümmste Kriminelle der Welt, wenn er seine Wohnung für ungesetzliche Machenschaften zur Verfügung stellen würde, die hinterher problemlos mit seinem Namen in Verbindung gebracht werden können.«

»Das stimmt.« Nachdenklich blickte Peter die Treppe hinauf. »Das würde bedeuten, dass Payson derzeit nicht zu Hause ist und der falsche Vincent wusste, dass die Wohnung leer steht. Aber woher hatte er diese Information?«

Tatendurstig schritt der Erste Detektiv voran. »Finden wir es heraus.«

Der erste Stock war ebenso menschenleer wie das Treppenhaus. Auf dem Weg zum Flurende legte Justus vor jeder Tür einen *Los-Angeles-Post*-Flyer ab. An der letzten Wohnungstür angekommen registrierten die Jungen, dass auch auf dem Klingelschild der Name Glen Payson stand. Zunächst klopfte Justus an die Tür, doch auch nach einer Minute öffnete niemand. Nun stellte sich Justus als Sichtschutz vor Peter, der mit seinem Dietrichset so leise wie möglich das Schloss öffnete. Beide bereiteten sich auf eine plötzliche Konfrontation vor, falls sie doch auf die falschen Klienten oder die große Frau stießen. Aber es war niemand in der Wohnung. Im Inneren fiel dem Ersten Detektiv sofort auf, dass vieles anders aussah als zuvor.

»Und?«, fragte der Zweite Detektiv.

Justus ließ seinen Blick schweifen. »Sämtliche Dinge, die auf den angeblichen Jayden hingedeutet haben, sind verschwunden. Stattdessen sind hier überall völlig neue Gegenstände.« Er deutete auf mehrere gerahmte Bilder an den Wänden. Auf diesen war derselbe etwa dreißigjährige schwarzhaarige Mann mit Schnurrbart zu sehen, der im Profil des Elektro-Installateurs abgebildet gewesen war. Auf dreien der Bilder war er Arm in Arm mit einer gleichaltrigen brünetten Frau zu sehen. »Ganz offensichtlich ist dies die ursprüngliche Einrichtung von Glen Payson, die vom falschen Vincent zunächst entfernt und jetzt zusammen mit seiner Komplizin schnellstmöglich wiederhergestellt wurde.«

»… um alle Spuren des Jayden-Manövers zu verwischen«, fügte Peter an. »*Das* meinte die falsche Estelle also mit *Mission erfolgreich beendet.*«

»Zweifellos.« Justus betrat nun ein weiteres Zimmer, das er beim ersten Besuch nicht hatte einsehen können. »Das passt ins Bild. Ein Wohnraum ohne Bett – keine zweite Studentenbude. Eine WG hat es nie gegeben. Jaydens angebliches Zimmer ist in Wahrheit Paysons Schlafzimmer.«

Nun durchsuchten die beiden Jungen alle drei Räume, fanden jedoch nichts, was ihnen weiterhelfen konnte. Die Beseitigung aller verdächtigen Anhaltspunkte war offensichtlich mit größter Sorgfalt durchgeführt worden.

»Schnell, gründlich, effizient.« Mit grimmiger Miene verschränkte Justus die Arme vor der Brust. »Was auch immer in diesem Tresor war – es muss derart wichtig oder kostbar sein, dass es einen solch außergewöhnlichen Aufwand rechtfertigt.«

»Sehe ich auch so«, erwiderte Peter. »Aber hier werden wir das nicht herausfinden. Lass uns gehen, bevor dieser Payson auftaucht.«

Leise traten die Jungen hinaus in den Flur. Erneut fungierte der Erste Detektiv als Sichtschutz, als Peter die Tür wieder verriegelte. Schließlich durften sie die Wohnung nicht unverschlossen zurücklassen. Ebenso wie beim Eindringen legte Justus auch diesmal die graue Mappe vor sich auf den Linoleumboden. In diesem Moment öffnete sich am anderen Ende des Flurs eine Tür und kaum eine Sekunde später ließ eine entrüstete Bassstimme die beiden Detektive zusammenzucken.

»Was macht ihr denn da?«

Ein Installateur auf Hochzeitsreise

In der Zwischenzeit hatte Bob zunächst im Internet Ausschau nach eventuellen Meldungen zu einem gestohlenen Hollywood-Drehbuch gehalten, war aber nicht fündig geworden. Anschließend gelang es ihm mit einigem Geschick, sich bei *Silverstar Pictures* zum Assistenten der Produktionsleitung durchstellen zu lassen.

»Gifflan, was kann ich für Sie tun?« Die Stimme klang schroff und ungeduldig.

»Guten Tag. Wenn Sie gestatten, komme ich gleich auf den Punkt«, erwiderte Bob in sachlichem Tonfall. »Von einer verlässlichen Quelle habe ich erfahren, dass heute ein wertvolles Dokument aus einem Ihrer Tresore entwendet wurde. Können Sie mir dazu etwas mitteilen?«

Kurzes Schweigen. Dann folgte in harschem Tonfall: »Wer sind Sie?«

»Das tut nichts zur Sache«, wiegelte Bob ab. »Wollen Sie leugnen, dass dieser Vorfall stattgefunden hat?«

Wieder eine kurze Pause. »Wie kommen Sie denn auf diesen Unsinn?«

»Darauf komme ich, weil ich genau weiß, dass es *kein* Unsinn ist. Zum Beispiel kenne ich die fragliche Zimmernummer. Siebenundzwanzig.«

Erneut mehrere Sekunden Stille. »Sind Sie von der Presse?« Der Mann war jetzt hörbar angespannt.

»Und wenn?«, erwiderte der dritte Detektiv herausfordernd. Er hatte mit seinen Fragen offensichtlich die richtigen Knöpfe gedrückt.

»*Wenn* das so sein sollte, gebe ich Ihnen einen dringenden Ratschlag.« Gifflan klang plötzlich wieder schroff und selbstbewusst. »Sie sollten Ihre *verlässlichen* Quellen besser auf Ihre Glaubwürdigkeit prüfen. Es hat tatsächlich einen irregulären Zugriff auf einen Safe gegeben, aber das war bloß ein organisatorisches Missverständnis. Bei dem entnommenen Material handelt es sich lediglich um statistische Auswertungen, die für Außenstehende von keinerlei Interesse sind.«

Bevor Bob nach dieser haarsträubenden Aussage fragen konnte, warum das angeblich völlig wertlose Dokument dann in einem Tresor gesichert wurde, fügte Mr Gifflan an: »Wir haben die ganze Angelegenheit längst intern geklärt. Der betreffende Mitarbeiter ist voll rehabilitiert und hat inzwischen die Arbeit im Haus wieder aufgenommen. Sämtliche Dokumente befinden sich wieder an Ort und Stelle. Alles ist in bester Ordnung.« Gifflans Stimme klang jetzt scharf und schneidend. »Sollten Sie in Ihrem Blatt also irgendetwas anderes behaupten, werden wir Sie in Grund und Boden verklagen. Und ich versichere Ihnen: Wenn wir mit Ihnen fertig sind, passen die lächerlichen Reste Ihrer zertrümmerten Existenz in einen Schuhkarton!«

»Wie dreist ist das denn? Mitten am Tag in eine Wohnung einzubrechen?« Der stämmige, circa fünfunddreißigjährige Mann mit Glatze, feuerrotem Vollbart und grünem Jogginganzug stand am entgegengesetzten Ende des Flurs in einer offenen Tür und ließ eine Mülltüte sinken, die er offensichtlich gerade hatte rausbringen wollen. Sein ausgestreckter Zeigefinger deutete auf Justus und Peter. Mit der anderen Hand tastete er nach irgendetwas, das sich offenbar neben ihm hinter der Tür befand. Die Wahrscheinlichkeit, dass es sich dabei um eine Waffe handelte, schätzte der Erste Detektiv auf etwa hundert Prozent. Das Verrückte an der ganzen Sache war, dass die Jungen nicht beim Öffnen, sondern beim Verschließen der Tür zu Mr Paysons Wohnung erwischt worden waren.

Rasch hob Justus den grauen Hefter mit den Abo-Flyern auf und hielt ihn wie einen Schutzschild vor sich und Peter. »Bitte tun Sie nichts Unbedachtes, Sir – hier handelt es sich um ein Missverständnis. Mein Freund und ich hatten uns nur nach dieser Mappe gebückt, die ich aus purer Ungeschicklichkeit fallen gelassen habe.«

»Mappe?« Der Mann, der inzwischen einen mächtigen Baseballschläger in der Hand hielt, legte verwirrt den Kopf schief.

Peter nickte eifrig. »Ja, wir sind im Auftrag der *Los Angeles Post* hier.«

»Schauen Sie, auf Ihre Fußmatte haben wir ebenfalls einen Flyer gelegt«, nahm Justus vorsichtig den Faden auf. »Wir sind hier, um auf eine Abo-Prämienaktion unserer Zeitung aufmerksam zu machen. Bei der Vielzahl an Angeboten wäre gewiss auch etwas für Sie dabei.« Er öffnete die Mappe und holte demonstrativ mehrere bunt bedruckte Zettel hervor. »Beispielsweise kann ich Ihnen einen unserer beliebtesten Favoriten ans Herz legen: den *Fruitchampion-Profi-Entsafter* mit hochwertigem Edelstahlgehäuse und automatischer –«

»Nee, lass mal. So ein Fruchtkram interessiert mich nicht.« Der Bärtige zögerte. Er schien sein Misstrauen immer noch nicht abgelegt zu haben. »Aber warum schmeißt ihr euer Zeug nicht einfach unten in die Briefkästen?«

Justus wusste, dass er jetzt überzeugend sein musste. »Ihre Frage ist absolut verständlich, Sir. Eine Umfrage unserer Zeitung hat ergeben, dass Werbematerial aus Briefkästen von 68,5 Prozent der Leute ungelesen weggeworfen wird. Ausgelegte Unterlagen vor Haustüren hingegen erreichen eine –«

»Schon gut, schon gut, ich hab's kapiert.« Nun endlich ließ der Bärtige den Baseballschläger sinken. Er wirkte fast ein wenig enttäuscht darüber, dass er den Jungen keine ordentliche Abreibung verpassen konnte. »Ich war bloß besorgt, weil ihr da so seltsam vor Glens Wohnung steht. Er ist gerade auf Reisen. Eure Werbung könnt ihr ruhig wieder einpacken – die ist garantiert nicht mehr da, wenn er wiederkommt.«

Der Erste Detektiv witterte sofort eine Informations-Chance. Rasch setzte er sein überzeugendstes Lächeln auf. »Nachbarn, die aufeinander achtgeben, sind nicht mit Geld aufzuwiegen.« Er hob den Flyer vor Mr Paysons Tür wieder auf. »Wissen Sie zufällig, wann er wieder zurück sein wird? Dann würden wir mit unserem Material noch mal wiederkommen.«

Der Mann winkte ab. »Da könnt ihr euch Zeit lassen. Glen ist mit seiner Grace auf Hochzeitsreise quer durch Europa und kommt erst Ende des Monats zurück.«

»Verstehe.« Justus überlegte kurz. »Wenn Sie mir eine zweite Frage gestatten: Wohnen hier auch Studenten? Für diese Zielgruppe haben wir nämlich ein ganz besonderes Angebot im Programm.«

»Nicht dass ich wüsste«, gab der Glatzköpfige zurück. »Jedenfalls bin ich, abgesehen von zwei Kindern, der Jüngste hier im Haus.«

Mit dieser Antwort hatte der Erste Detektiv gerechnet. Schließlich wäre es für ihre Gegner viel zu riskant, im selben Gebäude zu wohnen, in dem sie die falsche WG inszeniert hatten.

»Vielen Dank für Ihre Hilfe.« Auch Peter versuchte sich an einem Lächeln. In der Zwischenzeit hatte er, verdeckt von Justus, das Dietrichset in seiner Hosentasche verschwinden lassen. »Dann werden wir uns jetzt verabschieden.«

»Tut, was ihr nicht lassen könnt«, brummte der Bärtige.

Während er wieder zum Müllbeutel griff, wies er auf den Boden vor seiner Tür. »Aber nehmt euer Zeug mit – ich brauche keine Zeitungen. Mir reicht mein Wrestling-Magazin.«

»Natürlich, Sir«, erwiderte der Erste Detektiv mit verständnisvoller Miene. »Ein Übermaß an Informationen kann auch anstrengend sein.«

Kurz darauf saßen die Jungen wieder in Bobs Käfer, natürlich mit heruntergekurbelten Seitenfenstern, um für ein wenig Frischluft zu sorgen. Nachdem alle neuen Informationen ausgetauscht waren, ergriff Justus das Wort.

»Okay, wir sind uns wohl alle einig darüber, dass Mr Payson und seine frischgebackene Ehefrau mit an Sicherheit grenzender Wahrscheinlichkeit nicht in der Sache drinstecken. Stattdessen wurde ihre Abwesenheit von den Tätern offenkundig eiskalt ausgenutzt.«

Bob nickte. »Die Geschichte mit der Hochzeit stimmt auf jeden Fall. Eine entsprechende Anzeige habe ich im Internet gefunden.«

»Dann haben wir diesbezüglich also Klarheit«, erwiderte der Erste Detektiv. »Deshalb plädiere ich dafür, keinen Kontakt mit dem Paar aufzunehmen. Zum einen dürfte es sehr schwer sein, überhaupt den jetzigen Aufenthaltsort der Paysons herauszufinden. Zum anderen bezweifle ich aus den genannten Gründen stark, dass sie uns weiterhelfen könnten.«

»Nicht zu vergessen, dass wir den beiden ihre kompletten Flitterwochen versauen würden, wenn wir sie jetzt anrufen«, fügte Peter an. Dann führte er seine rechte Hand in Telefonierhaltung ans Ohr und imitierte einen Anruf. »Hallo, Mr Payson, wissen Sie zufällig, warum irgendwelche Leute Ihre Wohnung mit Spuren eines Studenten vollgestopft haben, der angeblich nach Sumatra verschleppt wurde? Das Ganze war übrigens erstunken und erlogen, um einen Drehbuch-Diebstahl zu ermöglichen, den ich begangen habe. Die falschen Beweise sind in der Zwischenzeit wieder aus Ihrer Wohnung entfernt worden. … Woher ich das alles weiß? Ganz einfach: Beim ersten Mal ist mein Kumpel von einem Typen, der inzwischen untergetaucht ist, durch Ihre Wohnung geführt worden. Beim zweiten Mal bin ich dann selber bei Ihnen eingebrochen, um – … Hallo? *Hallo?*« Peter ließ die Hand sinken. »Aufgelegt.«

Bob lächelte amüsiert. »Stimmt, nach einem solchen Anruf hätte ich auch keine Lust mehr auf Europaurlaub.« Er wurde wieder ernst. »Außerdem hätten wir dann unweigerlich die hiesige Polizei am Hals.«

»Keine produktive Vorgehensweise«, pflichtete der Erste Detektiv bei. »Zumal wir nicht wissen, wie viel Zeit uns bleibt, um die wahren Täter zu überführen.«

»Apropos wahre Täter«, nahm Bob den Faden auf. »Während ihr weg wart, habe ich die Internet-Einträge unseres Lügner-Trios, sofern vorhanden, noch mal genauer kontrolliert.«

»Und?«, wollte Peter wissen.

»Die Profile und Kommentare von Vincent Barraford und Jayden Cummings sind beide exakt im selben Sprachstil und mit identischen Formulierungen verfasst. Das gilt auch für die vereinzelten Antworten angeblicher Freunde. Bei flüchtigem Drüberschauen wie vorhin fällt das nicht auf, aber jetzt ist klar, dass das alles nur Fassade ist. Nichts davon ist echt.«

»Falsche Accounts, um eine Rückverfolgung von Spuren zu verhindern«, stellte der Erste Detektiv fest.

»Darüber hinaus ist nach dem jetzigen Stand meiner Recherche weder ein Vincent Barraford noch ein Jayden Cummings am Santa Monica College eingeschrieben«, fuhr der dritte Detektiv fort. »Eine Projektpartnerschaft zwischen dem College und der State University of Medan auf Sumatra existiert ebenfalls nicht. Und zu einer Estelle Staceman ist im Internet überhaupt nichts zu finden.«

»Als hätte es alle drei nie gegeben«, murmelte Peter.

»Und auch *Silverstar Pictures* verschanzt sich hinter dreisten Lügen und will den gesamten Vorgang um jeden Preis vertuschen«, fügte Bob an. »Mr Gifflans offene Drohung mir gegenüber spricht ja Bände. Die Größenordnung, um die es hier geht, muss also wirklich gewaltig sein.«

Der Erste Detektiv verschränkte grimmig die Arme vor der Brust. »Für wie schlau sich unsere Gegner auch halten mögen – die drei ??? werden ihnen beweisen, dass sie sich irren. Wir werden diesen Fall lösen und das Phantom-Drehbuch aufspüren.«

»Hört, hört!« Peter veränderte auf der Rückbank seine Position, um die Beine ausstrecken zu können. »Aber wo sollen wir jetzt ansetzen?«

Der Erste Detektiv blickte zum Mietshaus hinüber. »Auch

wenn Glen Payson nicht in die Sache verwickelt ist, muss es doch eine wie auch immer geartete Verbindung zwischen ihm und den Tätern geben.«

»Richtig«, stimmte Bob zu. »Schließlich wussten sie von Paysons Flitterwochen und dass die Wohnung leer stehen würde.«

»Nicht nur das – der falsche Vincent hat die Tür problemlos mit einem Schlüssel geöffnet«, fügte Justus an. »Selbst wenn das ein Nachschlüssel war, muss der Typ ja irgendwann an den echten herangekommen sein, um die Kopie anzufertigen. Demnach hat in der Vergangenheit ein Kontakt stattgefunden, entweder mit Vincent selbst oder einer der anderen beteiligten Personen.«

»Das leuchtet ein«, erwiderte der Zweite Detektiv. »Und einer der Täter oder die falsche Miss Scantling selbst muss ein absoluter Hollywood-Insider sein. Schließlich wusste er oder sie ja bestens über das Studio, den Tresor und das rätselhafte Drehbuch Bescheid.«

»Das ist mein Stichwort.« Bob tippte auf sein Handy. »Auch zu Mr Payson habe ich einen ersten Hintergrund-Check unternommen, unter anderem verbunden mit Stichwörtern wie *Hollywood*, *Film* oder *Silverstar*. Hätte ja sein können, dass er wegen irgendwelcher Installationsarbeiten auch mal auf einem Set-Gelände tätig war und das irgendwie öffentlich wurde. Es ist ja nicht unüblich, dass Leute so etwas online stellen.«

Justus zog die Stirn kraus. »Aus deiner Verwendung des Konjunktivs schließe ich, dass du keine diesbezüglichen Informationen entdecken konntest.«

»Da schließt du richtig«, entgegnete Bob. »Natürlich kann es einen solchen Hollywood-Auftrag trotzdem gegeben haben. Aber falls das so gewesen sein sollte, wirbt Payson nicht damit. Immerhin weist er auf seiner sehr professionellen Homepage darauf hin, dass sein Kundenstamm sehr groß und weitgefächert ist.«

»Das bringt uns momentan leider nicht weiter«, stellte Justus fest und zupfte nachdenklich an seiner Unterlippe. »Wer auch immer die Täter sind – sie haben genauestens darauf geachtet, nichts zurückzulassen, was auf sie oder die Verbindung zu Mr Payson verweist.« Der Erste Detektiv blickte auf seine Armbanduhr. »Hinsichtlich der weiteren Ermittlungen schlage ich vor, dass wir zunächst –« Weiter kam er nicht, denn in diesem Moment wurde die Beifahrertür aufgerissen und jemand zerrte ihn gewaltsam aus dem Wagen.

Abwehrmaßnahmen

Justus war dermaßen überrumpelt, dass er in den ersten Sekunden zu keiner Gegenwehr fähig war. Mit aufgerissenen Augen starrte er in das Gesicht des falschen Vincent, der jetzt Lederhandschuhe und einen blauen Overall trug. Kaum hatte er den Ersten Detektiv aus dem Auto gezerrt, legte ihm der junge Mann in scheinbar freundschaftlicher Geste den rechten Arm um die Schulter, sodass etwaige Zeugen annehmen mussten, dass es sich um ein Treffen unter Bekannten handelte. Sofort sprangen Bob und Peter aus dem Auto, um Justus zu Hilfe zu kommen. Doch der Angreifer steckte blitzschnell seine linke Hand in eine Seitentasche, deren Ausbuchtung auf etwas Längliches hindeutete. Vincents Blick war kalt wie Eis.

»Bleibt, wo ihr seid, oder ihr müsst euch einen neuen Kumpel suchen!«

Das wirkte. Peter und Bob hielten verunsichert inne. Was auch immer der Mann in seiner Tasche verbarg, sie durften nicht riskieren, dass er es einsetzte.

Jetzt fand Justus seine Sprache wieder. »Mit eurem Vorhaben werdet ihr nicht durchkommen. Wir haben inzwischen genügend Beweise, um –«

»Verkauf mich nicht für dumm – ihr habt rein gar nichts!« Der Mann verstärkte seinen Griff um die Schulter des Ersten Detektivs. Es fühlte sich an wie ein Schraubstock. Eine solche Kraft hatte ihm Justus überhaupt nicht zugetraut. Nun beugte sich der falsche Vincent plötzlich so weit vor, dass Justus dessen kratzende Bartstoppeln an seiner Wange spürte. Beim folgenden Flüstern betonte der Mann jede Silbe einzeln: »Lasst … es … sein.«

Dann ließ er von Justus ab. Langsam trat er einen Schritt zurück und lächelte breit. Es wirkte eher wie ein Zähnefletschen. »Wenn ihr klug seid, seht ihr mich nie wieder. Wenn nicht …« Statt den Satz zu beenden, deutete er mit der rechten Hand auf seine linke, die immer noch in der Tasche seines Overalls steckte. Nun erlosch das Grinsen. »Und versucht nicht, mir zu folgen. Ihr werdet beobachtet.«

Erst jetzt bemerkte Justus den hautfarbenen Miniatur-Kopfhörer, den der falsche Vincent im Ohr trug. Der Erste Detektiv nickte.

Mit geradezu provozierender Lässigkeit wandte sich der Angreifer um, schlenderte die Straße hinunter und bog um eine Häuserecke.

Unsicher deutete Peter, der Sportlichste und Schnellste der drei Detektive, nach vorn. »Soll ich hinterher?«

Justus schüttelte den Kopf. »Ab einem bestimmten Punkt

steht das Risiko für Leib und Leben über einem möglichen Ermittlungserfolg. Und dieser Punkt ist jetzt erreicht.« Er ließ den Blick über die umgebenden Häuser und speziell die Fenster der oberen Etagen schweifen, konnte jedoch keinen Beobachter entdecken. »Da für die Täter sehr viel auf dem Spiel zu stehen scheint, kann nicht ausgeschlossen werden, dass sie tatsächlich zu Waffengewalt greifen würden.«

Man konnte Peter deutlich ansehen, wie erleichtert er über diesen vernünftigen Entschluss war. Gleichzeitig spürte er aber auch eine tief sitzende Unzufriedenheit darüber, dass sie vor dem falschen Vincent einknicken mussten.

»Das … heißt aber nicht, dass wir aufgeben, oder?«, wollte Bob sichergehen.

»Nein, das heißt es ganz und gar nicht«, erwiderte Justus mit fester Stimme. »Zumal nach dem Vorfall gerade eines feststeht: Unsere Gegner werden nervös.«

»Weil sie inzwischen wissen, dass wir ihnen auf den Fersen sind«, ergänzte Peter. »Aber wie und wo sollen wir jetzt weitermachen, wenn doch alle bisherigen Spuren falsch sind?«

Nachdenklich stützte sich Justus auf das Dach des VW Käfers. »Es stimmt, dass so gut wie alles in diesem Fall erlogen und gefälscht ist. Deshalb müssen wir jetzt alles Inszenierte ausklammern und uns auf das konzentrieren, was als erwiesene Tatsache übrig bleibt.«

»Da fällt mir nur eins ein«, entgegnete Bob. »Die Mappe, die Peter aus dem Tresor genommen und der falschen Estelle übergeben hat. Das hat definitiv so stattgefunden.«

»Exakt«, pflichtete Justus bei. »Wenn man alles Gelogene und Vorgegaukelte beiseitelässt, verbleibt nur dieses ominöse und höchstwahrscheinlich überaus wertvolle Dokument des *Silverstar*-Studios, um das sich alles dreht.«

Peter zuckte die Achseln. »Aber das hilft uns doch nicht weiter. *Gilligans Galaxis* hat es nie gegeben. Und was wirklich dahintersteckt, wissen wir nicht.«

»Stimmt, wir wissen nicht, was in dieser Mappe steckt«, räumte Justus ein. »Aber wir wissen sehr wohl, wo sie verwahrt wurde: in einem Tresor von *Silverstar Pictures*. Und das bedeutet: Dieses Dokument steht in direkter Verbindung mit dem Studio. Deshalb muss es jetzt unser vorrangiges Ziel sein, herauszufinden, was –«

In diesem Moment klingelte das Handy des Ersten Detektivs. Als er die Nummer erkannte, gab er ein leises Seufzen von sich. Dann ging er ran. »Ja, Tante Mathilda?«

»Seid ihr immer noch dabei, jemanden aus höchster Not zu retten?«, kam Mrs Jonas gleich auf den Punkt.

Justus zögerte. Er ahnte nichts Gutes, wollte seine Tante aber auch nicht anschwindeln. »Nein … die Dinge haben sich in eine andere Richtung entwickelt.«

»Fein. Dann steht eurer Rückkehr ja nichts mehr im Wege. Titus ist zurück und wir brauchen euch dringend zum Abladen.«

»Das … ist gerade –«

»Nein, das ist gerade *nicht* schlecht«, widersprach Mrs Jonas streng. »Schlecht wäre es, wenn ihr euren Ausflug jetzt nicht unterbrecht, um uns zu helfen.«

»Ich …« Der Erste Detektiv rang mit sich, fand aber keinen Ausweg.

»Justus Jonas«, setzte Tante Mathilda in einem Tonfall an, der keinen Zweifel daran ließ, wie ernst sie es meinte. »Ich respektiere, dass du Leuten helfen willst, ihre Probleme zu lösen. Aber das darf nicht so weit gehen, dass du unsere eigenen Probleme aus den Augen verlierst. Titus und ich schaffen das hier nicht allein. Wir brauchen dich. Und zwar jetzt.«

Diese Argumentation war unmöglich zu entkräften. »Okay. Wir kommen.«

Nachdem der Erste Detektiv das Gespräch beendet hatte, deutete Bob ins Innere des Wagens. »Zurück nach Rocky Beach?«

Mit hängenden Mundwinkeln nickte der Erste Detektiv. »Zurück nach Rocky Beach.«

Während der Fahrt besprachen die Jungen das weitere Vorgehen.

»Das kommt jetzt alles ziemlich plötzlich, aber manchmal muss man eben improvisieren«, erläuterte Justus und wandte sich an Bob. »Sofern zwei von uns für die Entladung der Lieferung ausreichen, solltest du Recherchen zu den aktuellen Projekten des Filmstudios anstellen.«

»Weil wir auf diese Weise vielleicht herausfinden, was ich da wirklich aus dem Tresor geholt habe«, folgerte der Zweite Detektiv.

»Das ist momentan zumindest der vielversprechendste Ansatzpunkt«, bestätigte Justus. »Wenn wir Glück haben, findet

Bob auf diese Weise eine Verbindung zu Mr Payson oder unseren beiden falschen Auftraggebern.«

»Hm …« Der dritte Detektiv zog die Stirn in Falten. »Wenn diese Mappe wirklich ein Drehbuch war, muss es sich dabei um ein Einzelstück ohne Kopien gehandelt haben. Ansonsten wäre der ganze Aufwand, den unsere Gegner betrieben haben, ja völlig sinnlos.«

»Ein richtiger und wichtiger Punkt«, stimmte Justus zu. »Der immens hohe Wert dieses Dokuments muss in seiner Einzigartigkeit als Original bestehen.«

Peter horchte auf. »Dann … steckte hinter der Geschichte mit der spleenigen Hollywood-Autorin vielleicht doch ein Funken Wahrheit. Nur dass nicht Lucyna Scantling dieses Skript geschrieben hat.«

»Sondern jemand anderes«, ergänzte Justus und richtete sich wieder an Bob. »Zwei gesonderte Aspekte solltest du also in deine Recherche einfließen lassen. Erstens: Welche Filme sind bei *Silverstar* in Planung, aber noch nicht in Produktion? Zweitens: Sind bei diesem Studio Autoren unter Vertrag, über die bekannt ist, dass sie exzentrische Eigenarten bei der Abgabe ihrer Drehbücher haben?«

»Drittens: Falls es doch kein Drehbuch, sondern irgendetwas anderes ist, muss ich meine Antennen auch in alle anderen Richtungen ausstrecken. Vielleicht steckt ja einfach nur ein Haufen Bargeld oder die Wahrheit über die UFO-Landung in Roswell in der Mappe.« Bob blickte konzentriert auf den allmählich dichter werdenden Verkehr. Erfahrungsgemäß wollten viele Ausflügler den Bilderbuch-Sommerabend am Strand verbringen. »Na, dann hoffen wir mal, dass deine Tante mich von der Schlepperei freistellt …«

Diesmal hatten die Jungen Glück. Die Lkw-Lieferung war zwar sehr umfangreich, dafür aber so kleinteilig, dass sie vom Gewicht her gut zu dosieren war. Es handelte sich um Käufe, die Onkel Titus bei einer Auktion infolge der Geschäftsauflösung einer Buchhandlung in Pasadena getätigt hatte: zahlreiche Kisten und Kartons voller Romane, Bildbände, Lexika, Magazine, Kalender und so weiter. Man konnte also bequem portionieren, ganz im Gegensatz zur umfangreichen Möbel-Lieferung aus der letzten Woche, bei der es unerlässlich gewesen war, dass alle gemeinsam Hand anlegten, um die schweren Sessel, Sofas, Tische und Schränke zu entladen. Jetzt aber war es kein Problem, dass Onkel Titus, Peter und Justus die deutlich leichter zu handhabenden Bücher übernahmen, während Bob sich für seine *Silverstar*-Recherchen in die Zentrale der drei ??? zurückzog.

Das Detektivbüro der Jungen war ein großer, unter diversem Gerümpel verborgener Wohnwagen auf dem Gelände des Gebrauchtwarencenters. Neben bequemem Mobiliar, Kühlschrank und Herd verfügte der umgebaute Campinganhänger auch über Telefon, Fernseher, Computer und sogar ein kleines, aber gut ausgestattetes Kriminallabor.

Da die Bücher und Magazine nach der Entladung nicht einfach so verstaut, sondern unter Aufsicht von Justus' Tante sorgfältig nach verschiedenen Themengebieten sortiert und mit Preisschildern versehen werden sollten, zog sich die gesamte Aktion über gut drei Stunden hin. Im Anschluss genossen dann alle ein gemeinsames Abendessen – deftige Käse-Makkaroni à la Mathilda Jonas.

»Und?«, fragte Justus den links neben ihm sitzenden Bob, während Peter sich mit Mr und Mrs Jonas unterhielt. »Wie gestalten sich deine Nachforschungen?«

»Mühsam. Viele Informationen gehören zu sogenannten ›sensiblen Daten‹, an die man nicht einfach so rankommt. Um manche Dinge zu erfahren, musste ich zig Telefonate führen, unter anderem mit der Kulturredaktion der *Los Angeles Post*, die ja bestens vernetzt ist. Trotzdem bin ich noch längst nicht fertig … Aber davon erzähle ich euch später.« Bob hatte bemerkt, dass Tante Mathilda sie argwöhnisch beobachtete, vermutlich um herauszufinden, ob die Jungen nicht doch wieder in gefährlichen Schwierigkeiten steckten. Rasch setzte der dritte Detektiv ein breites Lächeln auf und deutete mit der Gabel auf seinen gut gefüllten Teller. »Die Makkaroni sind wie immer ein Traum, Mrs Jonas. Ihre Drei-Käse-Soße ist einfach unschlagbar.«

»Wahre Worte!«, pflichtete Peter mit seliger Miene bei und nahm sich zum zweiten Mal nach.

Tante Mathildas Gesichtsausdruck entspannte sich. »Das freut mich, Jungs.« In spielerischer Strenge hob sie den rechten Zeigefinger und beugte sich vor. »Aber glaubt bloß nicht, dass ihr mit solchen Schmeicheleien um eure andere Aufgabe herumkommt.«

»Andere Aufgabe?« Justus stand für einen kurzen Moment auf dem Schlauch.

Mrs Jonas beugte sich zu ihrem Neffen vor. »Ich sage nur ein einziges Wort, junger Mann: *Grabenfräse.*«

Nächtlicher Besuch mit Folgen

Es half alles nichts. Justus hatte Tante Mathilda sein Wort gegeben, die Grabenfräse zu reparieren, notfalls auch die Nacht hindurch. Also musste er sein Versprechen halten. Die folgende halbe Stunde verbrachten er und Peter damit, zwei wichtige Ersatzteile für eine Kardanwelle und den sogenannten Schneckenförderer, eine lange Grabschraube, zu suchen. Erst dann konnte es mit der Instandsetzung der Fräse weitergehen. In der Zwischenzeit setzte Bob seine komplizierten Recherchen in der Zentrale fort. Eine knappe Stunde später, die Sonne war mittlerweile längst untergegangen, ging es mit der Reparatur allmählich auf die Zielgerade. Aus Rücksicht auf Tante Mathilda und Onkel Titus hantierten Justus und Peter so leise wie möglich. Das Ehepaar war zeitig zu Bett gegangen, weil am nächsten Morgen ein sehr früher Termin anstand. Abgesehen vom entfernten Schimmer der Straßenlaternen jenseits der hohen Umzäunung lag das Wohnhaus nun in tiefer Dunkelheit, ebenso wie fast der gesamte Schrottplatz. Lediglich die nackte

Glühbirne in der Freiluftwerkstatt brannte noch – und natürlich das Licht in der Zentrale, das jedoch unter dem Gerümpel nicht nach außen drang.

Mit gerunzelter Stirn betrachtete Justus eine nicht ganz bündige Verschlussklappe. »Das muss ich noch ausbessern, sonst verformt die sich mit der Zeit immer weiter. Sofern wir anschließend keine –«

Abrupt wurde er durch ein hektisches »Schscht!« von Peter unterbrochen, der im selben Moment die Lampe ausschaltete.

»Was ist denn los?«, flüsterte Justus. Dann sah auch er den Schein einer Taschenlampe, der sehr langsam über das Gelände in Richtung Haus geisterte. Der Eindringling musste sich durch das Tor Zutritt verschafft haben, das nicht verschlossen war, weil Bob und Peter ja noch nach Hause fahren wollten.

»Er scheint uns nicht bemerkt zu haben«, stellte der Zweite Detektiv fest. »Ansonsten würde er nicht so seelenruhig weitergehen.«

»Ob es ein Er ist, wissen wir noch nicht«, erwiderte Justus. »Aber wir finden es heraus.«

Peter spannte sämtliche Muskeln an. »Sollen wir ihn uns schnappen?«

»Nein. Warten wir erst mal ab, was als Nächstes passiert.«

»Was soll schon passieren?«, fragte Peter irritiert. »Der Typ will ins Haus einbrechen!«

»Das bezweifle ich. Wer auch immer diese Person ist – ihre bemerkenswerte Langsamkeit deutet darauf hin, dass sie irgendetwas sucht.«

»Aber … *was* denn?«

Justus rollte mit den Augen, was Peter natürlich nicht sehen konnte. »Wenn ich das wüsste, hätte ich den fraglichen Gegenstand längst selbst gesucht und sichergestellt. Die zeitliche Nähe zu unserem Drehbuch-Fall legt für mich aber den dringenden Verdacht nahe, dass wir es hier mit einem unserer Gegner zu tun haben. Und von denen war keiner im Haus.«

»Aber auf der Terrasse!«, hauchte der Zweite Detektiv aufgeregt.

Wie zur Bestätigung verharrte der Lichtkegel der Taschenlampe nun auf der Veranda und schwenkte in kreisförmigen Bewegungen den Boden ab.

»Habe ich es mir doch gedacht«, raunte Justus. »Der falsche Vincent muss heute Vormittag, als er uns um Hilfe bat, irgendetwas verloren haben. Und dieses Etwas kann ihm oder dem gesamten Team offenbar gefährlich werden.«

»Deshalb hat er zuerst den Weg über das Gelände abgesucht und nimmt sich jetzt die Terrasse vor, wo er mit uns gesessen hat«, verstand Peter.

»Exakt«, bestätigte Justus. »Wir müssen also nur noch abwarten, bis er wieder zurückkommt. Dann überwältigen wir –«

Weiter kam er nicht, denn nun erklang ein metallisches Quietschen und anschließend Bobs überraschte Stimme. »He – seid ihr noch da?«

Augenblicklich sprintete der Eindringling zurück in Richtung Tor. Peter wollte ihn abfangen, knallte in der Dunkelheit aber so heftig gegen einen massiven kniehohen Gegenstand, dass er fluchend zu Boden stürzte. Hastig schaltete Justus die Lampe wieder ein, woraufhin der Flüchtende kurz den Kopf umwandte. Es war tatsächlich der falsche Vincent. Der junge Mann bückte sich nach einer rostigen Eisenstange und schleuderte sie in Richtung des Ersten Detektivs, der sich gerade noch rechtzeitig ducken konnte. Dann rannte Justus los, doch schon wenige Sekunden später war das Dröhnen eines startenden Motorrads zu hören. Als er die Straße erreichte, war von dem rätselhaften Ex-Klienten nichts mehr zu sehen.

Eine Verfolgung war aussichtslos. Frustriert machte Justus kehrt und ging zur Freiluftwerkstatt zurück, wo Bob dem Zweiten Detektiv gerade dabei half, wieder aufzustehen. Mit verzerrter Miene rieb sich Peter das offensichtlich stark schmerzende rechte Schienbein.

»Hättest du mit deinem Auftritt nicht ein paar Minuten warten können?«, fragte Justus genervt, obwohl er natürlich wusste, dass den ahnungslosen Bob keine Schuld an der fehlgeschlagenen Aktion traf.

»Vielleicht wärt ihr so nett, mir zu erzählen, wo ich hier überhaupt reingeplatzt bin«, gab Bob ungeduldig zurück.

In kurzen Sätzen umriss Justus, was geschehen war. Dann gingen die Jungen, mit Taschenlampen ausgerüstet, zur Veranda und setzten die Suche fort, die der falsche Vincent hatte abbrechen müssen. Es dauerte eine Weile, aber dann wurde Peter tatsächlich fündig. Er kniete sich hin und zupfte einen kleinen gefalteten Zettel aus dem Spalt zwischen zwei Holzbohlen hervor.

»Was ist das?«, fragte Bob gespannt.

Nachdem der Zweite Detektiv sich wieder aufgerichtet und das mit einer fremden Handschrift bekritzelte Papier entfaltet hatte, hob er verdutzt die Augenbrauen. »Das hier … ist eine Einkaufsliste.«

»Willst du uns verkohlen?«, fragte Justus irritiert.

»Nein, will ich nicht.« Peter las vor: »Cornflakes, Auberginen, Orangensaft, Kaugummis, Tacos, Ahornsirup und so weiter und so weiter.«

Wortlos schnappte sich Justus den Zettel und beäugte ihn eingehend. Dann murmelte er kopfschüttelnd: »Vollkommen beliebige Artikel ohne jeden Hinweis-Charakter. Warum sollte jemand deswegen –« Er zögerte und hielt seine Taschenlampe näher an das Papier.

Bob trat neugierig an seine Seite. »Hast du irgendetwas entdeckt?«

»Ja. Aber was diese Entdeckung bedeutet, klären wir in der Zentrale.«

Im Detektivbüro der drei ??? zückte Justus unter den gespannten Blicken von Bob und Peter zunächst seine Lupe und gab anschließend einige Stichworte in den Computer ein. Dann nickte er und deutete mit einem Kugelschreiber auf einen kleinen, annähernd quadratischen Aufdruck am rechten unteren Rand des Einkaufszettels. »Wegen eines starken Knicks mittendurch ist es auf den ersten Blick kaum zu erkennen, aber dieses Miniatur-Wappen mit Bär und Buch ist Teil des Logos des Los Angeles City Colleges.«

»Dann stammt der Zettel also von einem Werbe-Notizblock dieser Uni«, folgerte Bob.

»Aha.« Peter kratzte sich nachdenklich am Kinn. »Also studiert der falsche Vincent vielleicht am Los Angeles City College. Aber wie bringt uns das weiter?«

»Für sich genommen gar nicht – genau das ist der Punkt«, erwiderte der Erste Detektiv. »Wenn unser Ex-Klient wegen eines solchen vermeintlich nichtssagenden Zettels wieder zurückkommt, *muss* es eine Querverbindung zu unserem Drehbuch-Fall geben.« Er blickte Bob an. »Womit wir bei dir und deinen Recherche-Ergebnissen wären.«

Der dritte Detektiv legte irritiert den Kopf schief. »Ich … habe zwar einiges ermitteln können, aber nichts davon hat mit diesem College zu tun.«

»Doch, hat es, du weißt es nur noch nicht«, widersprach Justus. »Um das zu ändern, müssen wir jetzt deine neuen Erkenntnisse durchgehen.«

»Okay, dann schauen wir mal.« Bob holte sein Notizbuch hervor und blätterte an die entsprechende Stelle. »Laut verlässlichen Quellen sind für *Silverstar Pictures* momentan neun Drehbücher in unterschiedlichen Entwicklungsstadien in Arbeit. Die Genres reichen von Liebeskomödie bis Endzeit-Mystery.«

»Und die Titel?«, fragte Peter.

»In fünf Fällen sind die Projekttitel intern bereits festgelegt, in den anderen vier Fällen noch nicht.« Bob schlug eine weitere Seite auf. »Ich fange mal mit den schon bekannten Titeln an: *Commando Sea Tiger*, Action. *Der letzte Diplomat*, Thriller. *Weltenwinter – Episode III*, Fantasy. *Die Juwelen der Säng–*«

»*Axel!*«, rief Peter unvermittelt.

Perplex blickte Justus ihn an. »Hättest du die Güte, uns aufzuklären, was du damit meinst?«

Aufgeregt hob der Zweite Detektiv die Hände. »Estelle hat im Hintergrund am Telefon gesagt: *Mission erfolgreich beendet*. Aber dieser Satz war gar nicht an einen Axel gerichtet!«

»Wir haben den Namen doch klar und deutlich gehört«, entgegnete Bob skeptisch.

»Das *dachten* wir, weil die letzten beiden Silben des Telefonats genauso klangen und der falsche Vincent an dieser Stelle aufgelegt hat. Der vollständige Satz lautete aber: *Mission erfolgreich beendet, Exzellenz.*«

Justus verstand. »Ein Filmzitat …«

»Genau!« Peter deutete auf Bobs Notizbuch. »Einer der drei Standardsprüche von Gartalon, Lord-Adjutant des arktischen Großmoguls in der Fantasy-Saga *Weltenwinter*!«

»Stimmt …«, murmelte der dritte Detektiv.

»Ausgezeichnet kombiniert, Zweiter!«, lobte Justus. Dann wandte er sich an Bob. »Wer ist der Drehbuchautor?«

»Es ist eine Auto*rin*. Odette Carrington, 73 Jahre, wohnhaft in Beverly Hills.«

Eilig tippte der Erste Detektiv etwas in die Computer-Tastatur ein. Nach wenigen Sekunden fand er, was er suchte. »Ha! Vor einem halben Jahr war die berühmte Hollywood-Autorin Odette Carrington Gastdozentin für fiktionales Schreiben am

Los Angeles City College!« Er scrollte den Online-Artikel weiter herunter. »Und jetzt ratet mal, wer hier auf dem Foto aus dem Hörsaal mit gebannten Gesichtern in der ersten Reihe sitzt.«

Rasch rückten seine Freunde näher, um einen Blick auf den Bildschirm zu werfen.

»Der falsche Vincent und die falsche Estelle, Seite an Seite!« Peter zögerte. »Carrington … *Silverstar.*« Er blinzelte ungläubig und lehnte sich auf seinem Stuhl zurück. »Dann war in der Tresor-Mappe … das Drehbuch zum Finale der legendären *Weltenwinter*-Trilogie?«

»So weit sind wir noch nicht«, erwiderte Justus. »Die Möglichkeit muss allerdings in Betracht gezogen werden.«

»Wartet mal!« Bob schob den Ersten Detektiv auf dessen Drehstuhl beiseite und tippte nun selbst einige Begriffe in die Suchmaschine ein.

Perplex hob Justus die Schultern.

»Geistesblitz-Alarm«, vermutete Peter.

Wenige Augenblicke später begann Bob zu strahlen. »Hatte ich es doch richtig in Erinnerung!« Er deutete auf einen Artikel der *Los Angeles Post* vom dreizehnten Mai.

»*Wasser-Inferno in Prominenten-Villa*«, las Justus vor. »*Ein Rohrbruch im Wohnsitz der Weltenwinter-Autorin Odette Carrington ruiniert gesamtes Kellergeschoss.*«

Bob nickte lächelnd. »Bei den Stichworten Carrington und *Weltenwinter* ist mir dieser Artikel meines Vaters eingefallen. Damals habe ich aber natürlich nicht auf den Installateur-

Lieferwagen geachtet, der da unten auf dem Foto vor der Villa zu sehen ist.«

Peter beugte sich vor, um den roten Schriftzug zu lesen, der sich quer über die Seite des Lieferwagens zog. »*Payson & Partners.*«

»Holla …«, murmelte Justus, während Bob bereits dabei war, im Internet nach weiteren Informationen über Odette Carrington zu suchen.

»Kollegen«, setzte der Erste Detektiv nach kurzer Pause an. »Hiermit stelle ich fest, dass wir jetzt eine direkte Verbindung zwischen Glen Payson, Odette Carrington und unseren falschen Klienten herstellen können!«

Das Puzzle vervollständigt sich

»Fragt sich nur, wie genau die vier miteinander verbunden sind«, ergänzte Bob. »Bei Mr Payson sind wir uns ja ziemlich sicher, dass er nichts von der ganzen Sache weiß. Ansonsten würde er sich und seine frischgebackene Ehefrau ja freiwillig auf den Präsentierteller setzen.«

Justus nickte. »Glen Payson gehört mit ziemlicher Sicherheit nicht zum Täterkreis, sondern wurde von den Studenten ausgenutzt, um das Ablenkungsmanöver für die Drehbuch-Entwendung zu ermöglichen. Unbeantwortet ist hingegen die Frage, ob Odette Carrington das Opfer der beiden Studenten ist, die sich in den Besitz ihres Drehbuchs bringen wollten, oder ob sie selbst im Hintergrund die Fäden zieht.«

Nachdenklich spielte der Zweite Detektiv an einem Bleistiftanspitzer herum. »Falls diese Odette mit drinsteckt – warum sollte sie heimlich ihr eigenes Drehbuch aus dem Tresor holen lassen? Gefahr für das Projekt, also die Ausrede bei *Gilligans Galaxis*, kann hier ja auf keinen Fall bestehen. Schließlich sind die *Weltenwinter*-Filme riesige Erfolge. Niemand bei *Silverstar* kann also wollen, dass mit Teil drei irgendetwas schiefgeht.«

»Es sei denn, dass eines der ältesten Motive der Welt dahintersteckt«, wandte Justus ein. »Die Gier nach Geld.«

»Du meinst, es geht um Erpressung?«, fragte der dritte Detektiv.

»Zumindest wäre dieses Drehbuch ein immens lukratives Druckmittel. Vorausgesetzt, es handelt sich tatsächlich um das einzige Exemplar. Konntest du diesbezüglich etwas über eventuelle Schreib-Eigenarten von Mrs Carrington erfahren?«

Bob schüttelte den Kopf. »Die Frau hat es über all die Jahrzehnte geschafft, weitgehend unter dem öffentlichen Radar zu bleiben. Kaum Berichte oder Fotos. Eine der wenigen Ausnahmen ist dieses Gruppenbild bei der Golden-Globe-Verleihung vor drei Jahren.« Er rief das entsprechende Foto auf.

Grübelnd knetete Justus seine Unterlippe. »Ich weiß ja nicht, wie es euch geht, aber dieses Gesicht lässt irgendetwas bei mir klingeln. Und das hat nichts mit *Weltenwinter* oder der Filmbranche zu tun. Da ist noch irgendetwas anderes …«

»Du meinst, du bist ihr schon mal auf anderem Weg begegnet?«, vermutete Peter.

»Wenn es eine direkte Begegnung gewesen wäre, würde ich mich daran erinnern.« Stirnrunzelnd verschränkte Justus die Arme hinter dem Kopf. »Nein, es war irgendetwas Indirektes. Vielleicht sogar im Zusammengang mit einem unserer früheren Fälle.«

»Freeman!«, rief Bob plötzlich, wandte sich vom Computer

zum Archivschrank um und suchte hastig einen alten Ordner hervor.

»Freeman?«, fragte Peter irritiert.

»Den Namen Carrington hat sie erst nach ihrer Hochzeit angenommen«, erklärte der dritte Detektiv, während er eifrig in der hellbraunen Mappe blätterte. »Kurz darauf hat sie sich schon wieder scheiden lassen, aber beim neuen Nachnamen ist sie geblieben. *Davor* hieß sie Odette Freeman. Wegen dieses Allerweltsnamens habe ich mir bei meinen Recherchen nichts weiter dabei gedacht, aber nach dem Hinweis von Justus bin ich mir ziemlich sicher –«

»… dass Odette die Schwester von Professor *Aleph Freeman* ist – dem von uns überführten Täter im Fall ›Die drei ??? und die flüsternde Mumie‹«, vollendete Justus den Satz.

Mit triumphierendem Lächeln legte Bob den Ordner auf den Schreibtisch und wies auf einen ausgeschnittenen Zeitungsartikel der *Rocky Beach Today*. »Sie hatte sich mit Feuereifer für ihren Bruder eingesetzt und vor Gericht für einen Eklat gesorgt, weil sie den Richter und die Geschworenen nach dem Schuldspruch wüst beschimpfte.«

»Und anschließend die drei ???«, ergänzte Peter. »*Größenwahnsinnige Dreckbengel* war noch eine der netteren Bezeichnungen.«

Auch über das Gesicht des Ersten Detektivs huschte jetzt ein breites Lächeln. »Womit neben Geldgier jetzt offenkundig noch ein zweites der ältesten Verbrechensmotive der Welt hinzukommt: Rache.«

»Das würde auch den ungewöhnlich großen Aufwand bei der Sumatra-Ablenkung erklären«, stellte Bob fest. »Mrs Carrington bzw. Mrs Freeman wollte uns mit ihrer vermeintlichen Brillanz von A bis Z in die Irre führen. Und sie hat sich mit Sicherheit köstlich über unsere emsigen Ermittlungen in ihrem Ablenkungsfall amüsiert.«

»Bis wir dem Theater auf die Schliche kamen«, gab Peter zurück. »Jetzt amüsiert sie sich bestimmt nicht mehr. Sonst hätte sie nicht den falschen Vincent geschickt, um uns zu drohen.«

»In der Tat«, stimmte Justus zu. »Gehen wir also davon aus, dass unsere Haupt-Gegenspielerin Odette Carrington ist. Sie hat uns und insbesondere Peter mittels zweier Komplizen dazu benutzt, ihr eigenes Drehbuch aus dem Studio-Safe zu entwenden.«

»Wäre es dann nicht jetzt an der Zeit, die Polizei zu informieren?«, fragte Peter hoffnungsvoll.

»Nein, dafür ist es zu früh. Schließlich könnten wir der Polizei keine validen Beweise zu Mrs Carringtons Täterschaft liefern. Die müssen wir erst noch beschaffen – mit gewissen Vorsorgemaßnahmen.« Er wandte sich an den dritten Detektiv. »Hast du eine Anschrift oder eine Telefonnummer von Mrs Carrington?«

Bob stellte den Archivordner zurück und begann leise seufzend, in seinem Notizbuch zu blättern.

»Stimmt etwas nicht?«, erkundigte sich Justus.

»Nein, alles okay. Mich nervt es nur ein bisschen, dass ich

stundenlang zu tausend anderen Film-Leuten Informationen eingeholt habe, die jetzt vermutlich allesamt unnütz sind.«

»Das kann man nie wissen«, widersprach Justus. »Über zu *viele* Informationen sollte sich ein Detektiv jedenfalls nie beschweren.«

»Auch wieder wahr.« Bob reichte ihm das aufgeschlagene Notizbuch. »Hier sind ihre Kontaktdaten.«

»Willst du Mrs Carrington einfach so anrufen?«, fragte Peter überrascht.

Justus deutete auf das Telefon. »Nicht ich. Du.«

»Ich?« Der Zweite Detektiv weitete die Augen. »Warum gerade ich?«

»Weil sie dich für die Ausführung ihres Plans ausgesucht hat. Sie hat dich und deine Bewegungsfreiheit auf dem Studiogelände gezielt ausgespäht. Und sie hat eiskalt in Kauf genommen, dass du große Schwierigkeiten bekommst, falls man dich auf den Kamerabildern wiedererkennt.« Justus lächelte breit. »Deshalb ist es nur fair, dass du dich jetzt bei ihr zurückmeldest.«

Peter war sich immer noch nicht sicher, was er von dem Telefon-Plan halten sollte. »Und du glaubst, wenn ich Mrs Carrington jetzt anrufe, erzählt sie mir einfach so, was wirklich hinter der Aktion steckt?«

»Einfach so wohl kaum. Aber wir haben ein Ass im Ärmel, von dem die Dame nichts weiß: Unser Wissen, dass sie die Drahtzieherin ist. Und genau damit werden wir sie aus der Reserve locken.«

Bob kratzte sich am Kinn. »Aber wir haben doch gerade besprochen, dass wir noch keine ausreichenden Beweise gegen Mrs Carrington haben, um sie einzuschüchtern.«

»Vollkommen zutreffend«, räumte Justus ein. »Deshalb wird Peter bei seinem Telefonat auch eine andere Strategie anwenden.«

»Nämlich?«, wollte der Zweite Detektiv wissen. Die nun folgende Antwort verschlug ihm für einen kurzen Moment die Sprache.

»Du wirst sie erpressen.«

Auge in Auge mit dem Feind

»Erpressen?« Peter blinzelte verwirrt. »Wie denn? Und womit?«

»Dazu komme ich jetzt«, gab Justus zurück. »Es wird nichts bringen, Mrs Carrington ihre Tat vorzuwerfen – das würde sie vermutlich schlicht abstreiten und uns juristische Schritte wegen Verleumdung androhen.«

»Das sehe ich genauso«, stimmte Bob zu.

»Betrachten wir mal die grundlegende Charakteristik der Tat«, fuhr der Erste Detektiv fort. »Trotz des Drangs nach Rache war Odette Carringtons Meisterplan von Anfang bis Ende darauf ausgelegt, alle Risiken auf ein absolutes Minimum zu reduzieren. Die gesamte Sumatra-Ablenkung und die Rettung von *Gilligans Galaxis* sollten sich in einem wohlig-harmlosen Nichts auflösen.«

Peter nickte. »Alles, was den Erfolg gefährden könnte, wurde sorgfältig gelöscht: Namen, Spuren, Hinweise.«

»Exakt.« Justus schlug die Beine übereinander. »Deshalb gehe ich davon aus, dass Mrs Carrington sich sehr aufgeschlossen zeigen wird, wenn wir ihr ein unmoralisches Angebot unterbreiten, um eine Gefährdung ihres Vorhabens abzuwenden. Oder um ein weiteres Filmzitat zu bemühen: ein Angebot, das sie nicht ablehnen kann.«

»Die Forderung, einen Teil des Kuchens an uns abzutreten«, folgerte Bob.

»Ja. Mit Blick auf ihre bisherige Vermeidungsstrategie wird Mrs Carrington dieses kleinere Übel gegenüber dem Risiko vorziehen, dass wir weiter ermitteln und doch noch zu hieb- und stichfesten Beweisen gelangen.« Justus strich sich über die Stirn. »Der Trick muss darin bestehen, so vage und gleichzeitig so direkt wie möglich zu bleiben, dass sie gar nicht erst darauf kommt, weiter nachzuhaken.«

»Soso.« Peter zuckte mit den Schultern. »Und was soll das heißen?«

»Knappe Ansagen, die keinen Spielraum lassen. Sie muss von Anfang an verstehen: Wir wissen, dass sie es war. Wir wissen, dass es *Weltenwinter* ist. Und wir wollen beteiligt werden.« Justus grinste grimmig. »Ich verwette die nächsten drei Mittagessen darauf, dass Mrs Carrington anschließend einem Treffen zustimmt.«

Bob lächelte schief. »Bei einem solchen Wetteinsatz musst du dir deiner Sache ja wirklich sicher sein. Aber was ist, wenn es bei diesem Treffen für uns ungemütlich wird?«

»Das halte ich für höchst unwahrscheinlich. Zwar wissen wir noch nicht, welches genaue Ziel Odette Carrington verfolgt, aber klar ist, dass es für sie um einen hohen finanziellen Wert gehen muss. Wenn sie also irgendwie das Scheitern ihres Vorhabens verhindern kann, wird sie garantiert den Weg des geringsten Widerstands gehen. Schließlich will sie um jeden Preis öffentlichen Wirbel vermeiden.«

»Dein Wort in Gottes Ohr.« Der Zweite Detektiv atmete tief durch. »Okay. Dann wollen wir der Dame mal ein bisschen Angst machen …«

Nachdem Peter den Verstärker angeschaltet hatte, wählte er die von Bob ermittelte Nummer. Am anderen Ende meldete sich jedoch keine Frau, sondern ein offenkundig älterer Mann.

»Ja?«

»Hier ist Peter Shaw. Könnte ich Mrs Carrington sprechen?«

»Nein, die gnädige Frau befindet sich wegen eines schweren Nervenleidens seit einigen Tagen im *Saint Joseph's Sanatorium* in Westwood.«

»Oh, das tut mir leid.« Damit hatte der Zweite Detektiv nicht gerechnet. Auch seine Freunde hoben die Augenbrauen. »Gibt es eine Nummer, unter der man sie erreichen kann? Es handelt sich um eine sehr wichtige Angelegenheit.«

Bereitwillig nannte der Mann eine Telefonnummer, die Bob sofort notierte.

»Vielen Dank«, erwiderte Peter. »Darf ich noch fragen, wer Sie sind?«

»Hillman. Ich bin der Butler.«

»Sie haben mir sehr geholfen, nochmals herzlichen Dank.«

Nachdem er aufgelegt hatte, kratzte sich Peter nachdenklich am Ohr. »Ein Nervenleiden, genau wie bei der angeblichen

Miss Scantling.« Er zögerte. »Aber ist es nicht ziemlich merkwürdig, dass der Butler solche privaten Informationen einfach so rausrückt?«

»Keineswegs – es passt perfekt ins Bild«, gab Justus zurück. »Dass dieser Hillman so sensible Auskünfte am Telefon weitergibt, kann nur heißen, dass er genau diese Anweisung erhalten hat. Jeder, der sich heute nach Mrs Carrington erkundigt, insbesondere natürlich das Filmstudio, soll erfahren, dass sie seit Längerem in stationärer Behandlung ist.«

»… und somit unmöglich die Person mit der Baseballkappe gewesen sein kann«, ergänzte der dritte Detektiv. »Ein absolut wasserdichtes Alibi für den Zeitpunkt der Drehbuch-Entwendung, weil Ärzte und Pfleger bezeugen können, dass sie den ganzen Tag im Sanatorium war.«

»So ist es.« Lächelnd hob Justus den Telefonhörer ab und reichte ihn Peter. »Höchste Zeit, uns nach dem Befinden der Patientin zu erkundigen.«

Trotz fortgeschrittener Stunde meldete sich Odette Carrington bereits nach einmaligem Klingeln. »Cornelius, endlich!«

»Da muss ich Sie enttäuschen«, entgegnete der Zweite Detektiv mit fester Stimme. »Hier ist Peter Shaw von den drei ???. Und ich würde mich gerne mit Ihnen über den Wert Ihres Manuskripts unterhalten.«

Pause. Nur leises Atmen war zu hören.

»Mrs Carrington, sind Sie noch da?«

Es folgte ein heiseres Räuspern. Die Autorin schien ihre Gedanken zu sortieren. Dies klappte offenbar ziemlich gut, denn die folgenden Sätze klangen souverän und abgeklärt, so als hätte die Frau mit dem Eintreten einer solchen Situation gerechnet. Einschließlich der Tatsache, dass bei einer Rückverfolgung des Anrufs festgestellt werden könnte, dass das Telefonat vom Anschluss ihres Zimmers entgegengenommen wurde. Sie konnte also nicht leugnen, sie selbst zu sein.

»Du meinst zweifellos den *emotionalen* Wert meines aktuellen … privaten Forschungsprojekts. Zwar geht es mir momentan nicht gut, aber für Fans sollte man immer ein offenes Ohr haben. Treffen wir uns doch für einen Plausch im Garten.«

Verblüfft angesichts dieser Kaltschnäuzigkeit blickte Peter zu Justus hinüber. Der nickte.

»Einverstanden. Aber kommen wir so ohne Weiteres auf das Gelände des Sanatoriums?«

»Kein Problem«, erwiderte Mrs Carrington. »Ich genieße gewisse Privilegien und kann auch außerhalb der regulären Zeiten Besuch empfangen. Sagen wir, in dreißig Minuten?«

Nachdem die Jungen die genaue Adresse erfahren und sich für den Einsatz ausgerüstet hatten, starteten sie mit Bobs Käfer in Richtung Westwood. Auf der Fahrt besprachen sie das Vorgehen bei der Begegnung mit ihrer prominenten Gegenspielerin. Sie waren sich einig darin, dass Mrs Carrington gut vorbereitet sein würde. Dem wollten sie in nichts nachstehen. Am Ziel angekommen trennten sich die Detektive. Während Peter und Justus das großzügige Gelände der Klinik betraten, verblieb Bob auf dem Bürgersteig hinter einer Oleanderhecke in Beobachtungsposition.

Der Garten des *Saint Joseph's* glich mit seinen imposanten Ausmaßen eher einem lang gestreckten Park. Wären die Ankömmlinge nur auf den blassen Mondschein angewiesen gewesen, hätten sie Schwierigkeiten bei der Orientierung gehabt. Aber ein gutes Dutzend eleganter weißer Laternen bildete in regelmäßigen Abständen Lichtinseln auf dem gekiesten Weg und dem sorgsam gemähten Rasen. Etwa dreißig Meter entfernt erhob sich das verwinkelte, im viktorianischen Stil gehaltene Sanatorium in den dunklen Nachthimmel. Auf dem gesamten Gelände waren diverse um runde Tische angeordnete Sitzgruppen verteilt. Doch nur an einer einzigen von ihnen, am weitesten vom Laternenlicht entfernt, saß jemand. Umgeben von großen, in leichtem Wind wogenden Büschen war im düsteren Halbdunkel eine schlanke, beinahe schon dürre Gestalt zu erkennen, die offenbar direkt zu den Jungen hinüberstarrte.

»Das muss sie sein!«, raunte Peter. In seiner Magengegend breitete sich ein mulmiges Gefühl aus. »Oh Mann, ich komme mir vor wie in einem Gruselfilm.«

Statt seinem mitunter zu Ängstlichkeit neigenden Freund zu widersprechen, nickte der Erste Detektiv. »Das trifft es auf den Punkt. Wie schon bei ihrem Sumatra-Ablenkungsmanöver scheint es die Dame auch jetzt auf eine perfekte Inszenierung abgesehen zu haben. Eine Hollywood-Autorin durch und durch.«

Peter straffte sich. »Na, dann hoffen wir mal, dass es für uns ein Happy End gibt …«

Langsam näherten sich die beiden. Inzwischen konnten sie erkennen, dass es sich bei der silberhaarigen Frau tatsächlich um Odette Carrington handelte. Im Unterschied zum Golden-Globe-Foto trug sie ihre Haare jedoch nicht offen, sondern in einem strengen Dutt.

Nachdem sie sich gesetzt hatten, rückte Justus zunächst seinen Stuhl zurecht. Anschließend wurden die Jungen zu ihrer Überraschung mit den Worten begrüßt: »Es freut mich, euch zu sehen. Unter Tierfreunden fühlt man sich immer wohl.« Gleichzeitig knipste die Frau eine kleine Taschenlampe an und richtete den Lichtstrahl auf einen Zettel, der vor ihr auf dem Tisch lag. Darauf stand in schwungvoller Handschrift nur ein einziges Wort: *Handys*

Nach kurzem Zögern holten Justus und Peter mit versteinerten Gesichtern ihre Mobiltelefone hervor, deren Aufnahmefunktionen aktiviert waren. Unter dem aufmerksamen Blick von Mrs Carrington schalteten sie die Handys aus und legten sie mit den erloschenen Displays nach oben auf die Tischplatte.

»Waren wir für das Interview zu meinem Zoologie-Projekt nicht zu viert verabredet?«, fragte die Frau im freundlichen Plauderton. Sie schien trotz der abgeschalteten Geräte kein Risiko eingehen und weiterhin in einem Code mit ihnen reden zu wollen. Gedanklich musste Justus Mrs Carrington Respekt zollen. Tatsächlich wäre es ja möglich gewesen, dass er und Peter verdeckt weitere Abhörtechnik am Körper trugen. Das war allerdings nicht der Fall.

»Unser Freund Bob ist leider verhindert«, gab der Erste Detektiv zurück. »Aber ich bin mir sicher, dass wir dennoch ein produktives … Interview führen werden.«

Die Frau verengte die Augen. »Nun gut, dann wollen wir beginnen. In unserem Vorgespräch erwähntet ihr ja, dass ihr vor allem an den Entomologie-Kapiteln meines Werks interessiert seid.«

»Genau …«, erwiderte Peter, der keine Ahnung hatte, worauf das hinauslaufen sollte.

Der Erste Detektiv nickte. »Die Insektenkunde war schon immer unsere große Leidenschaft.«

»Mehr als verständlich – ein ungemein spannendes Themenfeld, insbesondere die Ameisen.« Mrs Carrington lächelte, jedoch ohne jede Wärme und Herzlichkeit. »Das einzelne Insekt ist nutzlos. Den *Wert* bildet allein die schiere *Anzahl* im Ameisenstaat.«

Justus glaubte zu verstehen. »Je höher die Zahl, desto größer der Erfolg.«

»Richtig.« Das Lächeln der Frau verbreiterte sich. »Insekten-Freunde wie euch wird es sicher interessieren, dass ich mit meinen Forschungen abschließend bestätigen konnte, dass Pharaoameisen Völker von bis zu *300.000* Einzeltieren bilden.« Während sie das sagte, drehte sie das Blatt Papier um. Auf der Rückseite prangte ein großes Dollarzeichen.

Justus musste unwillkürlich blinzeln und auch Peter hatte plötzlich einen dicken Kloß im Hals. Im Laufe der Zeit war den drei ??? schon so manches Bestechungsangebot gemacht worden, aber 100.000 Dollar pro Kopf sprengte alles Bisherige bei Weitem. Für Odette Carrington musste also in der Tat eine unfassbar große Summe auf dem Spiel stehen.

Das war auch Bob klar, der aus seiner versteckten Position hinter dem Zaun das gesamte Gespräch mit einer Nachtsicht-Videokamera aufgezeichnet hatte, an die ein Parabol-Richtmikrofon angeschlossen war. Eine Konstruktion des überaus technikversierten Ersten Detektivs, die es ermöglichte, auch aus größerer Entfernung glasklare Bild- und Tonaufnahmen zu machen. Mrs Carrington war eindeutig zu identifizieren. Jetzt mussten Justus und Peter es nur noch schaffen, ihr ein verräterisches Stichwort zu entlocken, mit dem ihr der *Weltenwinter*-Coup zweifelsfrei nachgewiesen werden könnte. Das bisherige Material reichte aufgrund der Verschlüsselung noch nicht für eine Überführung aus.

»Wie schlau du auch bist, wir kriegen dich trotzdem«, flüsterte der dritte Detektiv grimmig.

»Das bezweifle ich«, erklang es plötzlich direkt hinter ihm. »Kamera aus und langsam umdrehen.«

Notgedrungen folgte Bob der Anweisung. Hinter ihm standen der falsche Vincent, die linke Hand in seiner Overalltasche, und die falsche Estelle. Beide mit einem niederträchtigen Grinsen im Gesicht.

Ein Drehbuch für ein Drehbuch

»Oh, wie schön – Cornelius und Milanda haben es geschafft, dass euer Freund uns doch noch beehrt«, stellte Mrs Carrington freudig fest, als Bob, flankiert von den beiden Studenten, an den Tisch herantrat. Der junge Mann trug die Spezialkamera wie eine Trophäe im rechten Arm.

Nun kannten die drei Detektive also die wahren Namen ihrer Gegenspieler. Nur brachte ihnen das in der jetzigen Situation leider überhaupt nichts.

»Dieses … Vergnügen wollte er sich wohl nicht entgehen lassen«, erwiderte Justus stockend.

Peter senkte den Kopf und biss sich auf die Unterlippe.

Nach einem stummen Signal der Autorin wurden die Detektive nun gründlich am ganzen Körper abgetastet, sämtliche Taschen geleert und die Inhalte auf den Tisch gelegt. Die Jungen mussten sogar ihre T-Shirts hochkrempeln und die Schuhe ausziehen.

Als klar war, dass es keine weitere Abhörtechnik gab, und

sich die Jungen wieder an den Tisch gesetzt hatten, lehnte sich Odette Carrington langsam zurück und schlug die Beine übereinander. Alles an ihrer Mimik strahlte tief empfundene Genugtuung aus, die totale Kontrolle über die Situation erlangt zu haben. Stolz und Selbstgefälligkeit. Eine Königin aus Eis. In den Augen klirrende Kälte.

»Okay, Jungs. Ihr wolltet mich drankriegen – das ist *euer* Job. Ich habe euch hochgehen lassen – das ist *mein* Job. Jetzt wird es Zeit, die Angelegenheit zu einem für alle Beteiligten zufriedenstellenden Abschluss zu bringen.«

Peter fauchte zornig. »Ich werde ganz bestimmt nie zufrieden damit sein, dass Sie mich mithilfe Ihrer beiden *Weltenwinter*-Groupies auf so gemeine Weise ausgenutzt haben.«

Bob nickte. »Außerdem haben die drei ??? noch niemals in ihrer Geschichte dem Unrecht nachgegeben.«

Mrs Carrington blieb äußerlich völlig unbeeindruckt. »Alles auf der Welt hat seinen Preis, auch die persönliche Würde oder euer Ehrenkodex als Detektive.« Sie tippte auf den Zettel mit dem Dollarzeichen. »Ein solches Angebot, das euer Leben und das eurer Familien in eine sorgenfreie Zukunft führen kann, werdet ihr niemals wieder bekommen.« Sie machte eine kurze Pause, dann beugte sie sich zu den Jungen vor. Ihr Blick hatte nun etwas Lauerndes, Raubtierhaftes. »Mit demselben finanziellen Einsatz könnte ich aber auch dafür sorgen, dass euer Leben und das eurer Familien von Grund auf ruiniert wird …«

Justus atmete tief ein. »Das sind eindrucksvolle Argumente.« Er verharrte einige Sekunden und schaute Peter und Bob an.

Seine Miene spiegelte Ernst und Betroffenheit. Dann richtete er seinen Blick wieder auf Mrs Carrington. »Wenn wir uns auf Ihren Handel einlassen, möchten wir zumindest wissen, für *was* Sie unser Schweigen kaufen. Warum sollte Peter Ihr eigenes Drehbuch beschaffen?«

Die Autorin gab einen belustigten Laut von sich. »In dieser Stunde gegenseitigen Einvernehmens und …«, sie schaute auf die Kamera in der Hand von Cornelius, »… völliger Offenheit sehe ich keinen Grund, euch diese Bitte abzuschlagen.«

Bob machte eine auffordernde Handbewegung. »Wir hören.«

»Wie ihr wisst, wartet das internationale Kinopublikum seit Langem voller Ungeduld auf das große Finale der *Weltenwinter*-Trilogie, mit dem das Studio zweifellos einen gigantischen Gewinn einfahren wird.«

»Klingt doch super«, sagte Peter bissig. »Wo ist das Problem?«

Mrs Carrington verzog die Mundwinkel. »Das Problem ist, dass vor neun Jahren noch niemand wissen konnte, was für einen unfassbaren Erfolg diese Filme haben würden – ich am allerwenigsten. *Silverstar Pictures* war damals noch eine relativ kleine Nummer und man suchte einen günstigen Drehbuchautor für einen nur grob skizzierten Fantasy-Mehrteiler.«

»Und da unterschrieben Sie einen Vertrag, der sich im Nachhinein als unvorteilhaft für Sie erwies«, folgerte Justus.

»Unvorteilhaft?«, zischte die Frau verächtlich. »Unverschämt trifft es deutlich besser! Es war ein Pauschalvertrag für alle drei Teile. Rückblickend geradezu lächerlich dotiert. Aber damals war ich in einem Karriere-Tief, keine Aufträge weit und breit.«

»Völlig zu Unrecht – all Ihre Filme waren absolute Meisterwerke!«, ereiferte sich Cornelius.

Milanda nickte heftig. Ihre Augen leuchteten regelrecht. »Unbegreiflich, wie ein Jahrhundert-Genie wie Sie so lange verkannt werden konnte!«

Der Zweite Detektiv gab angesichts dieser hemmungslosen Schleimerei ein leises Stöhnen von sich. Die beiden Studenten wirkten wie Sektenanhänger, die ihrem Idol mit Leib und Seele verfallen waren. Abgerichtete Schoßhündchen, die zu buchstäblich allem bereit waren, um ihre Heldin zufriedenzustellen. Genau das machte sie gefährlich.

Milde lächelnd hob Mrs Carrington die rechte Hand. »Schon gut, schon gut, ihr Süßen. Ich habe hier ein Gespräch zu führen.«

Augenblicklich pressten die beiden ihre Lippen zusammen und traten einen Schritt hinter den Stuhl der Autorin zurück. Diese Unterwürfigkeit wirkte zugleich albern und beängstigend.

Justus versuchte, sich von dem bizarren Schauspiel nicht ablenken zu lassen. »Ich gehe wohl recht in der Annahme, dass später keine Nachverhandlungen mehr möglich waren?«

Der Gesichtsausdruck der Frau verdüsterte sich. »Keine Chance. Sämtliche Vertrags-Klauseln waren hieb- und stichfest. Bei jedem Verstoß gegen meine Verpflichtung, alle drei Teile zum vereinbarten Honorar fertigzustellen, würde mich das Studio in Grund und Boden verklagen. Also fügte ich mich.«

»Zumindest vorerst«, ergänzte Bob. »Aber jetzt, beim unglaublich gehypten dritten Teil platzte Ihnen dann doch der Kragen.«

»Völlig zu Recht!«, entfuhr es Cornelius, der jedoch von einer weiteren Handbewegung der Autorin sofort wieder zum Schweigen gebracht wurde.

»Und deshalb entwickelten Sie den Plan, das Manuskript verschwinden zu lassen«, schloss Peter.

»Zur Erpressung Ihres Studios, mutmaßlich um eine Millionensumme«, ergänzte der Erste Detektiv. »Natürlich anonym, denn Sie hatten nach Ihrem angeblichen Nervenzusammenbruch ja ein perfektes Alibi hier im Sanatorium.«

»Nicht nur ein Alibi«, korrigierte Mrs Carrington. »Sondern auch die glaubhafte Begründung, warum ich in diesem beklagenswerten Zustand sowohl körperlich als auch mental unmöglich in der Lage wäre, binnen kurzer Zeit eine Neufassung des Drehbuchs anzufertigen. Das Studio liegt, dank gewisser Verzögerungen meinerseits, schon jetzt im Zeitplan weit zurück. Der Veröffentlichungstermin für den Film steht längst fest und der Produktionsdruck wird täglich größer. Deshalb kommt auch kein Ersatzautor infrage, weil ja niemand den Inhalt meines dritten Manuskripts kennt und auf die Schnelle die unzähligen roten Fäden aus den ersten beiden Filmen zusammenführen könnte.«

»Wenn *Silverstar* also nicht riskieren will, die legendäre *Weltenwinter*-Goldgrube zu verlieren, muss das Studio auf die Erpressung eingehen«, stellte Bob fest. »Zumal der Gewinn durch die weltweiten Einnahmen vom Trilogie-Finale sicher um ein Zigfaches höher sein wird als Ihre geforderte Summe.«

»Das erklärt auch, warum *Silverstar* alles abstreitet«, meldete sich Peter wieder zu Wort. »Man will um jeden Preis einen Riesenskandal rund um das Verschwinden eines der begehrtesten Drehbücher ganz Hollywoods verhindern.« Sein Blick verfinsterte sich. »Und ich war der ideale Laufbursche.«

Mrs Carrington nickte. »Einen Kollegen aus der Branche zu bestechen, kam nicht infrage, weil ich nicht riskieren konnte, dass der Betreffende sofort das Studio informiert. Auch ein bezahlter Dieb von außen schied aus, weil er gar nicht auf das gesicherte Gelände gekommen wäre.«

Peter schnaubte wütend. »Im Gegensatz zu mir …«

»So ist es. Ich habe dich und deine Freunde schon lange im Auge. Deshalb wusste ich auch von deiner Bekanntschaft mit der labilen Miss Scantling. Ein idealer Köder.«

Justus tippte sich nachdenklich ans Kinn. »Ihr gesamtes Vorhaben setzt die Einmaligkeit des Dokuments voraus. Deshalb nehme ich an, dass Sie – ähnlich wie in der gelogenen Geschichte über Lucyna Scantling – bis zur Fertigstellung Ihrer Drehbücher nur mit einem einzigen Schreibmaschinen-Exemplar arbeiten.«

»Kluger Junge. Das war schon immer mein Prinzip. Und *Silverstar* akzeptierte das, solange ich ausschließlich auf dem gesicherten Studiogelände am Manuskript arbeitete und es während der Schreibpausen im Tresor einschloss.«

»Genau das wurde dann die Grundlage für Ihren Plan mit

Peter«, fügte Bob an. »Justus und ich sollten währenddessen möglichst weit weg und stark beschäftigt sein, damit wir ihn nicht von der Aktion abhalten konnten.«

»Je weniger Risiken, desto größer die Erfolgsaussicht«, erwiderte die Autorin stoisch.

Der Erste Detektiv verschränkte die Arme vor der Brust. »Aber eine schlichte Ablenkung war Ihnen nicht genug. Sie inszenierten den groß angelegten Sumatra-Fall, um zu genießen, wie wir uns völlig sinnlos abstrampeln.« Er verengte die Augen. »Vergeltung für die Überführung Ihres Bruders Aleph durch die drei ???.«

»An den Videofilmen, die meine Gehilfen heimlich mit Knopfkameras von euch gemacht haben, werde ich mich bis zu meinem Lebensabend erfreuen.« Mrs Carrington schmunzelte amüsiert. »Apropos Filme: Dass es *Gilligans Galaxis* niemals gab, wisst ihr ja jetzt. Aber auch *Weltenwinter III* ist nicht der offizielle Titel des Drehbuchs, das Peter mir freundlicherweise beschafft hat.«

»Hä?« Der Zweite Detektiv blinzelte verwirrt. Er hatte mit vielem gerechnet, aber nicht mit einer solchen Aussage.

Auch Bob war vollkommen perplex. »Sondern?«

Odette Carrington genoss die Irritation ihrer unfreiwilligen Gäste sichtlich. Dann sagte sie: »*White Harvest.*«

Jetzt verstand Justus. »Eine Hommage an *Die Rückkehr der Jedi-Ritter,* den dritten Teil der ersten, gleichfalls unfassbar erfolgreichen *Star-Wars*-Trilogie, der zur Ablenkung der Weltöffentlichkeit den Produktionstitel *Blue Harvest* trug. Durchaus fantasievoll.« Er deutete ein Händeklatschen an. »Alle Achtung. Neben ihrem erstaunlichen Maß an krimineller Energie verfügen Sie auch über eine gehörige Portion Erfindungsreichtum. Und über Improvisationstalent. So kamen Sie auf Mr Paysons Wohnung als Schauplatz für das WG-Szenario, als der Installateur im Mai bei Ihnen im Haus war.«

Die Autorin gab einen erheiterten Laut von sich. »Es war ein Kinderspiel, den Typen auszuhorchen – der hat geredet wie ein Wasserfall. So erfuhr ich von den Gegebenheiten der Wohnung und den geplanten langen Flitterwochen. Von seinen Schlüsseln konnte ich dann problemlos Abdrücke anfertigen, weil er mehrmals ins hüfthohe Wasser im Keller musste und deshalb seine Tascheninhalte vorher abgelegt hat.«

»Bingo«, raunte Peter. »Sturmfreie Bude für Sumatra.«

»Eine eigene Wohnung anzumieten, kam für Sie nicht infrage, weil dann jemand von Ihnen öffentlich in Erscheinung hätte treten müssen«, mutmaßte Justus. »Ein Risikofaktor bei späteren Ermittlungen. Durch die von Ihnen gewählte Inszenierung verblieb lediglich die falsche Spur zu einem Installateur aus Santa Monica.«

»Und was hat es mit der großen Lady auf sich?«, fragte Bob.

»Eine reine Ablenkungsperson, die sowohl für den Sumatra-Part als auch die einstudierte Wett-Auflösung ein schönes Taschengeld erhalten hat«, erwiderte Mrs Carrington. »Von den wahren Hintergründen hat sie keine Ahnung.«

»Und der Köder Jayden, von dem ständig die Rede war, hat nie existiert«, stellte Justus fest.

Mrs Carrington grinste breit. »Ihr drei habt als Figuren auf meinem Schachbrett exakt nach Plan agiert. Genau nach Drehbuch zum Diebstahl meines Drehbuchs.«

»Nicht ganz«, widersprach Bob. »Sonst wären wir nicht hier.«

»Auch diese Möglichkeit hatte ich natürlich mit einkalkuliert«, gab die Autorin ungerührt zurück.

Justus nickte. »Dieses ungewöhnliche nächtliche Treffen haben Sie nicht zuletzt deshalb vorgeschlagen, weil es tagsüber viel zu viele Zeugen gäbe – Patienten, Ärzte, Pflegekräfte.«

»Während ich hier und jetzt, wie schon den ganzen Tag über, sämtliche Fäden in der Hand halte«, bestätigte Mrs Carrington. »Und fraglos werdet ihr auch zum guten Schluss exakt meinem Plan folgen.«

»Weil Sie uns in *allen* Belangen überlegen sind«, ergänzte Peter mit sarkastischem Unterton.

»Daran besteht ja wohl keinerlei Zweifel mehr«, gab Mrs Carrington süffisant zurück. »Ich habe über die drei ??? triumphiert und den angeblichen Superdetektiven endlich ihre Grenzen aufgezeigt. Zu jedem Zeitpunkt war ich euch meilenweit –«

In diesem Moment wurde sie von der hinter ihr stehenden Milanda unterbrochen, die plötzlich sehr blass wirkte.

»Tascheninhalte …«

Gereizt wandte sich die Autorin um. »Was brabbelst du mir denn dazwischen?«

Die junge Frau deutete auf die zahlreichen Gegenstände, die auf der Tischplatte lagen. »Nur zwei Handys … nicht drei.«

Mrs Carrington erstarrte. Zwar hatte sie genau verfolgt, wie Justus und Peter ihre Mobiltelefone abgelegt und deaktiviert hatten, aber bei der späteren Taschen-Entleerung aller drei Jungen hatte sie nur noch darauf geachtet, ob sie Abhörmaterial mit sich führten. Das war nicht der Fall gewesen.

Ruckhaft beugte sich die Autorin zu Bob vor. Ihre Selbstgefälligkeit war verpufft wie eine zerplatzte Seifenblase. Jetzt standen ihr Hektik und Wut ins Gesicht geschrieben. »Wo ist dein Handy?«

»Upps.«

Lächelnd machte Justus eine Kunstpause. Dann griff er unter sich ins Gras und holte ein Mobiltelefon hervor, das er, mit der Tischplatte als Sichtschutz, heimlich dort platziert hatte, nachdem die Jungen von Mrs Carrington aufgefordert worden waren, sich zu setzen. »Da muss ich das Handy meines geschätzten Kollegen Bob vor unserer Ankunft wohl eingesteckt und dann beim Hinsetzen fallen gelassen haben.« Er deutete auf ein grünes Symbol im Display. »Mit einer direkten Verbindung zum Rocky Beach Police Department.«

»Das … kann doch nicht …« Mrs Carringtons Augenlider flatterten. Auch ihre Handlanger waren sichtlich erschüttert.

Peter strahlte. »Tja, für jeden Meisterplan gibt es auch einen Gegenplan.«

Während Milanda wie erstarrt war, ging durch den Studenten plötzlich ein Ruck.

»Ihr verdammten Mistkerle!« Wutentbrannt griff Cornelius in seine Overalltasche und riss ein Teppichmesser hervor. Doch noch bevor er die Klinge ausfahren konnte, hatte ihn der Zweite Detektiv geistesgegenwärtig am Arm gepackt, in den Polizeigriff genommen und zu Boden gerungen. Rasch entwand Justus nun dem wüst schimpfenden Studenten die gefährliche Waffe.

In gespielter Enttäuschung hob der Erste Detektiv die Augenbrauen. »Von einem echten *Weltenwinter*-Krieger hätte ich erwartet, dass er mit einem Eisschwert aus dem Nord-Imperium kämpft. Aber auch hier: mehr Schein als Sein.«

»Der perfekte Untertitel für unseren Fall«, erwiderte Bob schmunzelnd. Dann wandte er sich wieder an die inzwischen kreidebleiche Mrs Carrington. »Natürlich hatten wir vorhergesehen, dass Sie uns eine Falle stellen würden. Deshalb habe ich Justus schon im Auto mein Handy gegeben und anschließend möglichst auffällig mit der dicken Nachtsichtkamera samt Richtmikrofon herumhantiert. Prompt wurde ich von Ihrem Fan-Duo einkassiert.«

»Die perfekte Ablenkung«, ergänzte Justus. »Wer würde bei einem solch eindrucksvollen Abhörgerät darauf achten, dass ein unscheinbares Telefon fehlt?«

Der dritte Detektiv nickte. »Sie waren so sehr auf vorhandene Gefahren fixiert, dass sie eine vermeintlich *nicht* vorhandene Gefahr wie mein fehlendes Handy übersehen haben.«

Odette Carrington brachte keinen Ton hervor. Ihr Eispanzer war endgültig geborsten. Kein Hochmut mehr, keine Arroganz. Nur noch Leere.

»So gut wie alles haben Sie bedacht«, stellte Peter fest. »Aber nicht, dass Justus *zwei* Handys dabeihaben könnte.«

»Apropos Handy …« Bob wandte sich dem Mobiltelefon in Justus' Hand zu. »War die Verbindung gut, Herr Inspektor?«

»Glasklarer Empfang«, ertönte nun aus dem Hintergrund eine markante Stimme. Flankiert von befreundeten Kollegen des Los Angeles Police Department betrat Inspektor Cotta das Gelände. »Eine ungemein spannende Geschichte, für die sich zweifellos auch der Haftrichter interessieren wird.«

Sowohl Mrs Carrington als auch die beiden Studenten ließen sich nun widerstandslos festnehmen.

»Welche Ironie.« Lächelnd gab Justus dem dritten Detektiv sein Telefon zurück. »Mit einem falschen Handyanruf aus Sumatra nahm alles seinen Anfang und mit einem echten Handyanruf nach Rocky Beach endet dieser Fall.«

Cotta trat an die Jungen heran. Ausnahmsweise wirkte er weder knurrig noch genervt. »Gute Arbeit, Jungs. Wir erwarten euch dann morgen Vormittag für das Protokoll im Präsidium.«

»Alles klar, Sir.« Justus gab ein lautes Gähnen von sich. »Aber jetzt brauche ich erst mal eine gehörige Mütze Schlaf.«

»Die wird noch eine Weile warten müssen«, erwiderte Bob.

Erstaunt blickte Justus ihn an. »Wieso denn? Der Fall ist doch abgeschlossen.«

Mit schiefem Lächeln gab Peter ein Seufzen von sich. »Der Drehbuch-Fall schon. Aber nicht der Fall ›Die drei ??? und die störrische Grabenfräse‹ …«